JN102016

GC NOVELS
あの乙女ゲーは俺たちに厳しい世界です
03
三嶋与夢
イラスト／悠井もげ
キャラクター原案／孟達
JOKER
JOKER

オリヴィア
Olivia

There might have been a world like this...

アンジェリカ

「マリエ――」
その時、一際大きな花火が打ち上がった。
俺の告白はマリエに聞こえていたと思う。
マリエは顔を耳まで赤くして、目を潤ませていた。

あの乙女ゲーは俺たちに厳しい世界です
03
JOKER
JOKER

THAT OTOME GAMES IS

CONTENTS

A TOUGH WORLD FOR US.☆

プロローグ

日脚が短くなり、放課後ともなればすぐに暗くなるようになった。

学園校舎二階にある茶会室も、日が暮れると途端に寒く感じる。

「そろそろストーブを用意した方がいいかな？　暖炉のある部屋が使えるなら薪を用意してもいいんだけどさ」

お茶の用意をする俺【リオン・フォウ・バルトファルト】は、背中を向けたままこの場に誘った相手に話を振った。

答えるのは【マリエ・フォウ・ラーファン】だ。

「この程度の寒さで音を上げるなんてどうなのよ？　私はまだ耐えられるわよ」

マリエは金髪碧眼の同級生にして、俺の婚約者だ。

小顔で顔立ちは整っているし、体は小柄とはいえスレンダーだ。

最近は食生活というか、栄養状態が改善されたこともあって肌や髪の艶が増している。

ボリュームのある長い金髪が特徴なのだが、以前よりも輝いて見える。

華奢であるため年齢よりも幼く見えるので、第三者からは可憐で儚（はかな）げな美少女に見えるのだろうか？

だが、中身は俺と同じ転生者だ。

俺たちは〝あの乙女ゲー〟の世界に転生した元プレイヤーである。

何が言いたいかと問われれば、マリエは見た目通りの可憐で儚げな美少女ではないという事実だ。

「我慢比べじゃないんだぞ」

マリエの答えに呆れてため息を吐きながら、用意した紅茶をテーブルに運ぶ。

紅茶を受け取ったマリエは、カップを両手で持ってふーふー、と息を吹きかけてから少しずつ飲み始める。

「あ～、温まる～」

「耐えられる云々はやせ我慢かよ」

マナーも何もない飲み方をするマリエだが、俺は責めなかった。

この場はお茶会と名乗っているだけで、本当の目的は今後についての相談だ。

あの乙女ゲーの今後について、俺たちは話し合う必要があった。

わざわざお茶会を開いてマリエを招いたのは、俺たちだけで相談をするためだ。

教室でするような話でもないし、誰かに聞かれても面倒になる。

そのため、三人だけになれる場所を選んだ。

三人目、と言っていいのかは疑問だが、もう一人は相棒の【ルクシオン】だ。

ソフトボール程度の大きさの金属色の球体に、一つ目のような赤いレンズを持つ。

この姿は子機であり、本体は全長七百メートルを超える宇宙船だ。

普段はこの子機が俺たちをサポートしてくれる。

宇宙船が四六時中側にいても邪魔というか、サポートとしても過剰すぎるからな。

『マスター、マリエ、時間は有限です。そろそろ本題に入りましょう』

ルクシオンに促されると、マリエがカップをテーブルに置いた。

「今後についての相談よね？　それなら私も色々と考えてきたわ」

今日のマリエは自信満々に笑みを浮かべていた。

どうやらマリエも真剣に考えていたようだ。

少し意外に感じたのだが、こいつなりにこの世界の未来について思うところがあるのだろう。

「自信満々みたいだな。とりあえず、聞かせてくれよ」

「ふふふ。私に抜かりはないわ」

マリエは席を立って両手まで動かして、俺たちに自分の考えを聞かせてくる。

「修学旅行は和風の浮島！　あちらの季節は夏だっていうじゃない？　お祭りもあるみたいだし、浴衣は絶対に用意するわよ」

マリエの話を聞いた俺とルクシオンは、顔を見合わせて互いに頭を振った。

「何も考えていなかったみたいだな」

ルクシオンは一つ目を左右に振るだけだが、その仕草からは呆れが伝わってくる。

『修学旅行が楽しみで浮かれているのでしょう』

俺たちの言動に、マリエは頬を膨らませていた。

修学旅行を目前に控えているのに、俺たちのテンションが低いのが信じられないようだ。

「学生時代の大イベントの修学旅行よ！　あんたらこそ、もっとちゃんと考えなさいよね！」

修学旅行といえば、前世ではたしかに学校行事の中でも大イベントの一つだろう。

だが、この学園の修学旅行はひと味もふた味も違った。

「全学年が毎年参加の修学旅行とか、希少価値が下がっても仕方がないだろ」

この学園の修学旅行だが、実は三学年全員が参加する。

毎年の恒例行事でしかない。

三年間に一度だけ経験できるという前世の修学旅行とは、少しばかり意味合いが違ってくるだろう。

ただ、マリエの受け止め方はそうではないらしい。

「目的地は三箇所！　毎年、三グループに分かれて別々の浮島を目指すじゃない。毎回同じ旅行じゃないのよ」

「目的地が違うだけで、やることは変わらないだろうに」

「場所が違えば変わるわよ！　もっとやる気を出しなさいよ！」

見聞を広めるために、毎年違う浮島を目指すわけだ。

また、このグループ分けは三学年混合だ。

普段関係の薄い上級生や下級生たちと知己を得るために、複雑なグループ分けが行われていた。

もっとも、知見や知己を得るというのは建前である。

あの乙女ゲーでは、主人公様が攻略対象の男子たちと関係を深めるためのイベントに過ぎなかった。

前世ではプレイ中に何度も繰り返したため、印象に強く残っているイベントだ。

理由は単純に運要素が強いイベントだったから。

修学旅行先でしか手に入らないアイテムがあるのだが、その入手方法がランダムであったため、セーブデータを何度もロードしてお目当てのアイテムが出るまで繰り返した。

あの乙女ゲーを経験した俺にとっては、面倒なイベントに過ぎない。

それよりも、俺たちはもっと大きな問題について相談するべきだ。

「修学旅行の話は後回しにするとして」

「後回しって、もうすぐじゃない！」

納得しないマリエに、俺は深いため息を吐いてから目の前にある問題を思い出させる。

「予定より早くオフリー家が退場しただろ」

オフリー家と聞いて、マリエがピクリと体を反応させて席に着いた。

浮かれていた気分が冷めきったのか、今は悩ましい表情をしている。

「ステファニーの件よね？　私のせいで無茶をさせたから――」

オフリー家の娘であるステファニーという女子生徒がいた。

彼女はいわゆる中ボスだろう。

オフリー家というのは伯爵家でありながら、空賊と繋がり悪事を働いていた。

いわゆる悪党だ。

そんなオフリー家の娘であるステファニーは、ゲーム中盤で主人公様を煩わしく思ったのか実家の力を借りて消しにかかった。

主人公様を空賊たちに襲撃させたのだが、そこは攻略対象の男子たちが助けに来て無事に事件は解決する。

ステファニーも罰せられ、オフリー家も悪事が露呈して取り潰しとなった。

これが本来の話の流れだった。

『マリエが気にする必要はありません。先に仕掛けてきたのはオフリー家であり、彼らは自ら行ってきた悪事により滅んだだけです』

ルクシオンがマリエを慰めるが、本人は自分も悪かったと思っているらしい。

マリエは膝の上で両手を握りしめていた。

「私が玉の輿狙いでブラッドに近付いたのが悪かったのよ」

俺と出会ったばかりの頃のマリエは、ゲームの知識を活かして攻略対象の男子たちを籠絡しようと動いていた。

主人公であるオリヴィアさんの立場を奪い、そこに自分が座ろうとしていた。

俺と出会って互いの情報をすり合わせた結果、それがどれだけ危険な行為であったか本人も気付いてはくれたけどね。

でも、玉の輿狙いは続けてしまったんだよね。

そのせいでステファニーの怒りを買ってしまい、マリエが狙われることになった。

結局、マリエを救うために俺がオフリー家を潰してしまった。

「まぁ、お前にも責任はあると思うけど、ステファニーの場合は明らかにやりすぎだ。それに、遅かれ早かれあいつは裁かれていたよ」

ゲームのシナリオ通りならば、物語の中盤——主人公たちが二年生の頃にオフリー家は取り潰された。

潰れるだけなら遅いか早いかだけの問題だった。

マリエは顔を上げて俺を見て微笑を浮かべる。

「本当に不器用ね。慰めるならもっといい台詞を用意しなさいよ」

照れ隠しで頭をかく俺は、話を戻すことにした。

「大事なのはお前を助けるために、俺たちがオフリー家を倒してしまったことだ。おかげで、主人公様たちが乗り越える大事なイベントが消えてしまったからな」

ここで大事なのはオフリー家を倒したのが誰か、という点だ。

主人公様たちの敵を先回りして倒してやったぜ！　という簡単な話ではない。

本来であれば主人公様たちが覚悟を決め、果敢に立ち向かうイベントだった。

そして、更に重要なのがオフリー家のイベントが攻略対象を確定するイベントだったことだ。

マリエがアゴに手を当てて悩ましい顔をする。

「確か、オフリー家のイベントで助けてくれる攻略対象が、主人公の恋人になるのよね？」

「その後のイベントは、その攻略対象をメインにして共に乗り越えていくからな。イベント一つが消えただけ、って話じゃないんだよな」

主人公様の恋人が決まらなければ、今後に控えるラスボスとの対決が絶望的だ。何しろ、最後に必要になってくるのは主人公様と攻略対象による愛なのだから。

――愛って凄いね。

ちなみに、イベントの消失で発生した問題は他にもある。

主人公様たちが積むはずだった経験を俺たちが奪ってしまった点だ。

俺はテーブルに突っ伏した。

「ゲームみたいに経験値云々とは言いたくないけど、やっぱり戦闘経験を失ったのは痛いよな。攻略対象たちの成長機会が失われたわけだし」

主人公たちが覚悟を決めるイベントでもあったから、消失は本当に痛い。

マリエも頭を抱えている。

「オリヴィアたちの雰囲気を見ていれば、恋人云々はどうにかなるかもしれないけど――確かに戦闘とかそっちの経験が削られるのは痛いわね」

俺もマリエも、あの乙女ゲーの戦略パートで散々苦労させられてきたプレイヤーだ。

経験値不足がその後に響くというのは、痛いほど理解している。

頭を悩ませる俺たちを交互に見ていたルクシオンが、素朴な疑問を投げかけてくる。

『お二人の話から推測するに、オリヴィアたちの成長の機会を奪ったのが問題ということでよろしいでしょうか？』

「さっきからそう言っているだろ」

俺が素っ気ない返事をすると、ルクシオンが赤いレンズの中にあるリングを動かした。

『オリヴィアたちの成長に期待するのは、最終的にラスボスを倒してもらうためでしょうか？』

マリエはルクシオンが何を言いたいのかわからず、苛々しているようだ。

「そうよ。オリヴィアたちには頑張ってもらわないと私たちも困るのよ」

ラスボスが倒せなければ、ホルファート王国が滅んでゲームオーバーだ。

実際に俺たちが死ぬかどうかは知らないが、国が滅ぶというのは本当に面倒だ。

生き残ってもその後が大変だろう。

だから、俺たちは主人公様たちに平和な世界を守ってほしいと思っている。

何とも自分勝手な願いであるが、ラスボスを倒すのはルクシオンでも難しい。

ルクシオンが数秒思考した後、俺に確認してくる。

『ラスボスは私の本体でも倒しきれないというのは事実でしょうか？』

「そうだよ。だからオリヴィアさんたちに倒してもらおうとしているんだろ」

何を今更と思っていると、ルクシオンが言う。

『それは現時点でも同じでしょうか？』

「――何が言いたいんだよ？」

『ファンオース公国が所有する魔笛によりラスボスであるモンスターが召喚されると聞いています』

俺とマリエは顔を見合わせた。

二人して今まで思い付かなかった、というばつの悪い顔をしていた。

俺たちを無視してルクシオンが解決策を提示してくる。

『ラスボスが召喚される前に、ファンオース公国の魔笛を回収、あるいは破壊を進言致します。先に魔笛を押さえてしまえば、ラスボスと戦うことはありませんからね』

俺はルクシオンの提案を受け入れる。

「そ、それもそうだな！　よし、善は急げだ。ファンオース公国の魔笛を回収して、将来の不安を取り除くぞ！」

焦りながらそう言うと、マリエも片手を突き上げて声を大きくする。

「お、おぉぉ！　これで今日から安心して眠れるわね！」

そんな俺たちを見るルクシオンの赤いレンズが、どこか冷めているように見えるのは気のせいではなさそうだ。

『もしかして、今までこの方法を思い付かなかったのですか？　一番簡単な解決方法ですよね？』

ルクシオンにジロジロと見られる俺たちは、とても居心地が悪かった。

どうして今まで思い付かなかったのだろうか？

言い訳をさせてもらえるならば、今後の問題は主人公様たちが解決すべきであると放置していたからだろう。

俺たちの手で、直接解決すればいいと思い至らなかったのもそのためだ。

「ほ、他の方法がないか考えていただけだし。というか、それって最終手段だと思わないか？　ほら、俺たちは主人公様たちを信じていたからさ」

言い訳をする俺に、マリエも同調してくる。

「そう！　そうよね！　これはあの子たちの物語であって、私たちの物語じゃないのよ。ラスボスを先に倒しておくなんて無粋だわ！」

俺たち二人の発言を聞いて、ルクシオンがヤレヤレと一つ目を左右に振る。

『今回はそういうことにしておきましょう』

――人工知能に気を遣われるとか、何気にショックだな。

『さて、ラスボスへの対処が決まったら、次はマリエですね』

ルクシオンの赤いレンズが、今度はマリエに向けられた。

「こっちも大問題だよな」

ルクシオンが何を言いたいのか察した俺も、マリエに視線を向けた。

俺たちに見つめられたマリエは、何とも言えない微妙な表情をしていた。

「本当に最悪だわ。まさか――聖女の首飾りが呪われていたなんてさ」

俺がマリエに預けた聖女の首飾りだが、どうやら呪われていたらしい。

話は聖女の首飾りを渡した晩に遡る。

第01話「聖なる道具に宿る者」

マリエがリオンから聖女の首飾りを受け取った日の夜。

ベッドで眠るマリエは、毛布を蹴飛ばし、お腹を出して幸せそうに眠っていた。

幸せそうな顔をしながら寝言を口にする。

「リオンのばかぁ――ルクシオンのこのやろうぉ――くぅ〜」

熟睡するマリエだったが、机の引き出しがガタガタと動き出す。

ガバッと引き出しが開かれると、そこから黒い靄（もや）があふれ出てきた。

マリエの近くに黒い靄が集まると、それは人の姿を形作る。

人型のそれは、アーモンド状の目をしていた。

マリエを見ている目が弓なりになると、笑っているように見えた。

『やっと見つけた――お前の体をもらうぞ』

黒い靄は涎（よだれ）を垂らして眠るマリエに手を伸ばして――触れる手前でバチリと静電気が発生したかのように手を引いた。

黒い靄は驚きから目を見開いていた。

『抵抗した？　間抜けな顔をしているようで、思っていたよりも強情な娘だ』

のんきに眠っているマリエだが、無意識に黒い靄を拒んでいた。

簡単にマリエの体を奪えないと思ったようだが、諦めるつもりはないらしい。

『ならば精神に深く干渉するだけだ』

本来であればもっと抵抗されるところだが、幸いなことにマリエは眠っていたので容易に心の中に入り込むことができた。

『素直に体を奪われておけばよかったものを』

あのまま体を奪われていた方が幸せだったろうに、と。

マリエの奥深く――マリエの心の奥へと干渉を開始する。

『手間をとらせてくれる』

見た目よりもマリエの精神力は強かったため、容易に体を奪えなかった。

そのため、黒い靄は手間のかかる方法を取るしかない。

しかし、これは自身への負担も大きい手段だ。

本来は避けたかったのだが、ようやく訪れたチャンスを逃す気はなかった。

ここで必ず肉体を手に入れるため、多少の無理は許容範囲内と割り切る。

『ふふっ、たどり着いた』

マリエの心に侵入を果たした黒い靄だが、そこにはドアがあった。

当然のように鍵がかかっていた。

『心を守るための鍵――どれだけ強力だろうとも私の前では無意味だ』

黒い靄は、鍵を強引にこじ開けてドアを開けて中へと踏み込んだ。

だが、すぐに違和感に襲われた。

『――何だ？　心象風景が異国の部屋だと？』

心の中は心象風景が再現される。

一番心地いいと感じる場所であるため、個人の部屋が再現されてもおかしくはない。

マリエの心象風景は女の子らしい部屋だった。

それ自体は珍しくもないのだが、問題はあまりにも異質だったことだ。

見慣れないものが多い。

家具はもちろん、何やら使い方のわからない道具が沢山置かれていた。

『まぁ、いい。それよりも本人はどこだ？』

黒い靄は広くもない部屋を見回し、すぐにマリエを見つけた。

心の中のマリエはベッドで眠っていた。

だが、先程見た姿とは違っていた。

心の中の自分とは、自分が強く認識している姿である。

現実と違っていてもおかしくはないのだが、金髪碧眼だったマリエとは違いすぎていた。

髪の色だけではなく、体もより女性らしい。

『姿が違いすぎるな。まさか、これがあの娘の理想とする姿か？　それにしても、侵入者がいるというのにのんきに眠りおってからに』

不思議な部屋で、現実とはかけ離れた恰好をしているマリエが目を覚ます。

欠伸をしながら、面倒そうに言った。

「何よ。五月蝿いわね～」

マリエの心の奥にいる――正直な気持ちが目を覚ますと、眠そうな目をこすって黒い靄を見た。

「――あんた誰？」

寝ぼけているマリエに対し、黒い靄は体を乗っ取るための行動を開始した。

まずは自己紹介だ。

『私か？　私の名前は――』

マリエは大きな欠伸をすると、そのままうつらうつらしだした。

目を閉じて眠りそうなマリエを、黒い靄が怒鳴りつける。

『お前から問うてきておいて寝るな！』

ハッと顔を上げるマリエは、口元を拭って黒い靄に言い訳をする。

「ね、寝てないわよ。私を眠らせたらたいしたものよ」

寝起きのせいか言い訳も意味不明になっていた。

黒い靄はマリエの偽らざる本心というべき姿を前に、ため息を吐きたくなるのを我慢していた。

(こいつ本当に大丈夫なのか？　だが、今はこの者しかいない。贅沢は言っていられないか)

黒い靄は気持ちを切り替えてマリエに語りかける。

『私からお前に一つ提案がある。私の力が欲しくないか？　私は聖女の首飾りに宿る力そのもの。お前が受け入れてくれるなら、もっと力を貸してやろう。強大な聖女の力が欲しくないか？』

マリエが枕を抱きしめながら、寝癖のついた髪のまま黒い靄を見る。

随分と怪しがっているのか、疑惑の目を向けていた。

『ち、力が欲しくないか？　望むもの全てが手に入る力だぞ』

大抵の場合、こうすれば心の奥では力を望む者が大半だ。

理性では疑っていたとしても、心の奥――本心は別だからだ。

皆が力を望む。

過去に何度も試してきたことだ。

だが、今まで試してきた相手は、誰もが自分の血を引く血縁者ではなかった。

そのため、体を奪うまでには至れなかった。

精々がそそのかして操る程度で終わり、黒い靄が思うような結果は手に入らなかった。

口説き落とそうとする黒い靄に対して、マリエは鼻で笑った。

『何だその反応は!?』

普段と違う反応を前に、黒い靄は困惑していた。

マリエは黒い靄を少しも信じていないようだ。

「何か怪しいわね。だから聖女の力もいらないわ」

力が欲しくないというマリエに、黒い靄は目を見開いた。

『何故だ？　望むもの全てが手に入るのだぞ』

マリエは黒い靄をニヤニヤしながら見ている。

「それが怪しいのよ。対価を求めず、私に力を与えるとかさ。――怪しすぎて何か企んでいます、って言っているようなものじゃない」

『そ、そんなことはない！』

図星を突かれて慌てる黒い靄を見て、マリエは確信を得たような顔をした。

「その反応は図星みたいね。それに、私でも人を騙すなら同じことをするわ」

『――え？』

黒い靄は思った。

（こいつ、もしかして私と同じ側の人間ではなかろうか？）

つまりは悪党だ。

だが、この程度の女は、黒い靄も今までに何人も見てきた。

『ふっ、見破られたなら仕方がない。それでは取引といこう』

適当に言いくるめようとすると、マリエはベッドに横になり肘をついて太々（ふてぶて）しい態度で黒い靄をあざ笑うように見ていた。

黒い靄は、腹ただしいマリエの態度に血縁者であることを疑いたくなった。

「嘘は止めなさい。あんたからは、私と同じ匂いがするわ」

『お前と一緒にするな！　お前ほど私は酷くないぞ！』

「私にはわかるのよ。女は女の汚い部分に敏感なの。私の女としての勘が、あんたは危険だって告げているわ」

『こ、こいつ！　無駄に勘がいいな』

もう、言いくるめるのは止めて、無理矢理乗っ取ってやろうと黒い靄はマリエに飛びかかった。

すると、マリエの心の壁ともいうべき障壁に阻まれる。

それは黒い靄が想定していたよりも強力なものだった。

『何!?』

黒い靄が必死にマリエに手を伸ばすが、見えない壁に阻まれ届かない。

障壁の向こうで、マリエは黒い靄を見ながら欠伸をしていた。

「無駄よ。私は基本的に誰も信用していないもの。あんたごときが、私を好き勝手にできると思ったのが間違いなのよ」

『この腹黒女がぁぁぁ！』

黒い靄が叫ぶと、マリエは機嫌を損ねてしまった。

「あん？　私に何かしようとして、その態度って何なの？　そもそも、この部屋は私の大事なパーソナルスペースよ。言わば、私だけの空間よ。勝手に入ってきた時点で、あんたはろくでもない存在に決まっているじゃない」

忌々しいことに、人を信用しないマリエの体を乗っ取るのは不可能だった。

(この娘、思った以上に抵抗が激しい)

黒い靄が諦めるほどに、悪い意味で心に隙がなかった。

マリエが嫌な女であるために、騙して心を封じて体を乗っ取るのが不可能だった。

また、精神力が異様に強い。

黒い靄を相手に一歩も引かないどころか、圧倒する強さを持っていた。

『体を奪えないのなら、せめてお前の心に深い傷を残してやる。私を愚弄した罪を償ってもらうぞ!!』

仕返しにこの部屋で暴れてやろう。

それはつまり、マリエの心に傷をつけるという意味だ。

心の奥底で精神的な攻撃を行うという黒い靄の宣言に、マリエが目を見開いた。

長い髪が生きているように蠢く。

目が妖しく光っていた。

第三者がこの場にいて二人を見ていれば、化け物同士の対決だと思っただろう。

マリエは黒い靄に敵意をむき出しにする。

「私の部屋で暴れようとしたわね！　絶対に許さない。呪ってやるわ。末代まで祟ってやるからなぁぁ！」

マリエからは、本当に呪われそうな凄みが感じられた。

『その末代がお前だよ！　私とお前は血縁者だぞぉぉぉ!!』

二人の力がぶつかり合って、マリエの部屋は荒れ狂う。

黒い靄はマリエの力に恐怖した。

（何だこいつ!?　精神力の強さが異常すぎるだろ!!）

化け物のような言動をするマリエが、抵抗する黒い靄に対して最終手段に出ようとしていた。

「ここは私の心の中。最強の存在を呼び出して、あんたを叩き出してあげる。お兄ちゃん、助けてぇぇぇ！　こいつが私をいじめるのぉ〜！」

マリエが姿を戻して甘えた声を出すと、黒い靄は部屋の外に気配を感じた。

（な、何か来る？）

それは目の前のマリエすら凌駕する強い力を発していた。

部屋のドアが開かれると、そこには一人の男が立っていた。

青年らしいのだが、黒いオーラを発していて目が赤く光っていた。

手には金属バットを握っている。

「――ぶっ潰す」

一言呟くと、問答無用で金属バットを黒い靄に振り下ろしてきた。

『なっ!?』

マリエが心の中で作り出した最強の存在。

どうやら、それは兄のようだ。

マリエの作り出した最強のお兄ちゃんが、黒い靄を金属バットで殴りつけてくる。

『ちょっ、待って。痛い！　痛いからぁぁぁ!!』

叫ぶ黒い靄だったが、お兄ちゃんは止まらない。

マリエの部屋から黒い靄を叩き出すまで、容赦なく攻撃し続けてくる。

そんな様子をマリエは笑顔で応援していた。

「お兄ちゃん、やっちゃって！　そいつをボコボコにして叩き出しちゃって！」

マリエの作り出したお兄ちゃんに、黒い靄は手も足も出なかった。

単純に強い。

その理由は、マリエがお兄ちゃんは強いと心から信じ切っているからだ。

それよりも、黒い靄には納得がいかない点が一つあった。

『自分のパーソナルスペースに兄を踏み込ませるのか!?』

本来であれば他人を受け入れたくない心の奥底である個人の領域に、自ら兄を作り出して踏み込むことさえ許している。

『お前はブラコンか!?』

逃げ回る黒い靄を見ながら、マリエは恥ずかしげもなく断言する。

「そうですけど、それが何か？　私はお兄ちゃんがだ〜い好き」

心の奥にいるマリエは正直だった。

少しも恥じらうそぶりがない。

「ほら、さっさとこの部屋から出ていきなさい」

マリエは黒い靄に興味をなくしたのか、欠伸をして眠ろうとしている。

『こ、こんなのが私の子孫だとぉぉぉ！』

お兄ちゃんが黒い靄に向かって、金属バットでフルスイング！

黒い靄は強引にマリエの心の中から弾き飛ばされてしまった。

『おのれぇぇぇ！　これで終わったと思うなよぉぉぉ！』

——気が付けば、マリエの心から追い出されてしまっていた。

黒い靄は消耗し、疲労困憊といった様子だった。

『まさかここまでとは予想外だった』

のんきに眠っているマリエの体を奪えなかった。

絶好のチャンスだったのに、マリエの心の守りが鉄壁すぎて手も足も出ない。

『くそっ！　どうなっている。せっかく、私の血縁者が私の思念を宿した道具を手にしたというのに！　せっかくのチャンスが——こんな腹黒女に潰されるなどあってなるものか』

聖女の首飾りには、ある人物の思念が宿っている。

その思念がマリエの体を奪えずに悔しがっていた。

しかも、返り討ちに遭う始末だ。

『資質もある。力もある。容姿は少し幼すぎるが、これだけ完璧だというのに——性格が悪すぎて体が奪えないとは』

黒い靄がマリエを前に苛立っていると、いつの間にか部屋の隅に浮かんでいた球体に気が付いた。

『——何だ？』

球体の赤い一つ目が、妖しい光を発しながら黒い靄を見ていた。

危険を感じて逃げだそうとするが、窓には障壁を張られていて逃げられない。

『小癪な。こうなれば首飾りに戻って――え？』

机の引き出しに視線を向けるが、そこには首飾りがなくなっていた。

焦る黒い靄。

視線を巡らせると、球体のすぐ側に首飾りが浮かんでいた。

その球体は人語を話した。

『捜しているのはこれですか？』

『喋った？　まさかロストアイテムの類いか？　だが、ここまで高性能なものが存在するとは聞いたことがない』

驚いている黒い靄に対して、球体は冷静だった。

『警戒していて正解でしたね。それにしても、非常に興味深い現象です。サンプルとして捕獲しましょう』

『こんなところで捕まっていられるか！　私には成すべき使命が――』

黒い靄が逃げだそうとすると、既に部屋全体が魔法障壁に囲まれていた。

ドアの隙間から抜け出そうとすると、球体が動く。

『アストラル体の相手は初めてですが、魔法は効果的なようですね』

掃除機のような機械が出現し、黒い靄を吸い込んでしまう。

透明な袋に入れられた黒い靄は暴れ回るが、袋は破けなかった。

『は、放せ！』

『駄目です。あなたは貴重なサンプルですからね。それに、聞きたいこともありますし』

球体の視線はベッドで眠るマリエに向いていた。

『どうしてマリエを狙ったのか、徹底的に調べさせてもらいましょう』

赤い一つ目を見る黒い靄は、怯えるように縮むのだった。

『や、止めろ。私には目的が――成すべきことがある！　こんなところで捕まっている暇はない！』

『それも含めて、ゆっくりと話を聞くことにしましょう』

『――こんなものまで従えているとは』

黒い靄が忌々しそうにマリエを見ると、本人はお腹を出して涎を垂らしながら幸せそうに眠っていた。

「おにぃちゃぁん～もう食べられない」

おいしいものでも食べている夢を見ているのだろう。

黒い靄はマリエを睨み付ける。

『こんな小娘に私が負けるなんて！』

マリエに敗北した事実を受け入れきれない黒い靄だった。

◇

「まさか聖女の首飾りに怨念が宿っているとか予想外だったわ。しかも、この私の可憐で可愛い体を奪おうとするなんて許せない！」

そう言いながらクッキーをかじるマリエは、聖女の首飾りについてあまり深く考えていないようにも見えた。

今もおいしそうにクッキーを食べている。

「体を奪われそうになったのにのんきだよな。――悪い、俺のせいだ」

正直に言えば、聖女の首飾りを調べもせず安易に手渡したのは失敗だった。

ルクシオンがマリエを守っていなかったら――いや、本人は独力で乗っ取りを阻止していたらしいのだが、やはり申し訳なく思う。

そんな俺に対して、マリエはのんきに振る舞う。

「リオンが素直に謝るなんて、もしかして変なものでも食べたの？」

俺が謝ったのにこの言い草だ。

「事の重大さが理解できないお前は、悩みがなさそうで羨ましいよ」

紅茶をカップに注ぎながら言うと、マリエは口元を拭きながら抗議してくる。

「私にだって悩みくらいあるわよ！」

「へぇ～、どんな？」

ヘラヘラと笑って聞いてやれば、マリエは視線をさまよわせながら答えた。

「つ、次のテストのこととか、生活費のこととか――」

空中に浮かんでいるルクシオンが、マリエの悩みについて指摘する。

『この学園では、そこまで成績が重要になるとは思えませんけどね。生活費に関しても、マスターからもらいましたよね？』

マリエはちょっと恥ずかしそうにしながら、他の悩みを口にする。

「――身長と胸とか」

それを聞いた俺は、ぷっと吹きだしてしまった。

「それが悩みか？」

笑ってやると、マリエは恥ずかしかったのか大声を出す。

「五月蝿いわね！　私だって気にしているのよ。何よ。頑張りすぎて成長が止まるなんてあんまりよ。前世では体にだって自信があったのに――」

またマリエの前世自慢が始まった。

どうやら前世ではスタイルに自信があったようだが、今世では失われてショックだったらしい。

「どうにもならないんだから諦めろよ。それとも、ルクシオンになんとかしてもらうか？」

ルクシオンなら整形も簡単だろう。

マリエは顔を上げ、キラキラした瞳でルクシオンを見つめている。

「ルクシオン、私に身長と胸を頂戴！」

何とも欲望まみれの願いである。

そんなマリエにルクシオンは――。

『お断りします』

　――拒否した。

「――え？」

　マリエが笑顔を引きつらせている。

　ルクシオンは理由を説明する。

『そもそも、外見を弄(いじ)る必要性がありません。確かに発育不足ではありますが、マリエは十分に健康です』

　整形を断られたマリエが泣いていた。

「いいじゃない！　ちょっとくらい頂戴よ！」

『駄目です』

「ケチ！」

　低レベルな会話をしていると思いつつ、俺はマリエに尋ねる。

「何で身長と胸が欲しいんだよ？　前は、私は美人だからこれでいい、って言っていたじゃないか」

　すると、マリエが頬を膨らませて俺から顔を背けた。

「――あんたが、オリヴィアを見て鼻の舌を伸ばすから」

「は？　俺がいつ、オリヴィアさんを見て鼻の舌を伸ばしたよ！」

　そんな事実はないと言い返すと、ルクシオンが一つの映像を見せてくる。

　それは食堂での一枚だ。

オリヴィアさんの胸に視線を向けている俺がいた。

『視線が何度も胸に移動していました。偶然、とは考えられません』

「――これは違うんだ。ほら、もう本能だから。制御できるようなものじゃないんだ。男の目は、どうしても胸をロックオンしてしまうんだ」

男はみんな、高性能なロックオン装置を持っている。

言い訳をする俺に、マリエがハンカチを投げつけてきた。

「やっぱり見ていたじゃない！　そんなに胸がいいのか、馬鹿野郎！」

「好きなんだから仕方がないじゃないか！　それとも何か？　大きな胸が嫌いですと嘘をついて生きていかないといけないのか？　俺は自分に嘘をついて生きていけるほど、器用じゃないんだよ！」

「何で真剣に自分の性癖を庇(かば)うの？　馬鹿なの？　性癖晒(さら)して恥ずかしくないの？」

「恥ずかしいよ！　恥ずかしいけど――ここで自分を曲げたら、一生後悔しそうだから譲れないんだろうが」

「台詞だけ聞くとかっこいい感じだけど、語っているのは大きな胸についてなのよね。本当に男ってどうしてこんなに馬鹿なのかしら」

「馬鹿でもいい。俺は自分に正直に生きたいんだ」

「死ね」

どうして俺はこんなにもマリエに責められないといけないのだろうか？

大きな胸が好きではいけないのか？

俺たちが睨み合っていると、呆れたルクシオンが言う。

『私は今後の準備をしますので、お二人はどうぞ痴話喧嘩を続けてください』

俺たちの真剣な話し合いを痴話喧嘩と斬り捨てるルクシオンに、俺とマリエの抗議の声が重なる。

「痴話喧嘩じゃねーよ！」「痴話喧嘩じゃないわよ！」

第02話「奴隷商館」

ホルファート王国の王都に大きな門構えの奴隷商館があった。

ただ、商館の主はそう呼ばれるのを嫌がっていた。

予約して訪れた貴人の前を歩きながら、身振り手振りを交えて自身の事情を話している。

大柄でふくよかな体形をした商館の主は、仕立てのいい服を着ていた。

身に着ける装飾品には金銀がふんだんに使用されており、商いで儲かっているのが一目瞭然だった。

「口の悪い者たちが奴隷商館と呼んではいますが、それは過去の話です。我々が扱っているのは、あくまで雇用契約を結びたい労働者。言ってしまえば我々は仲介業者なのですよ」

聞いてもいないのに昨今の事情を説明するのは、少しでも覚えがよくなるようにするためだろう。

商館の主の後ろを歩くのは三人。

王太子であるユリウス・ラファ・ホルファート。

ユリウスの乳兄弟であるジルク・フィア・マーモリア。

次期国王と子爵家の跡取りを前に、商館の主は汗をかくほど気を遣っていた。

そんな二人の後ろを少し離れて歩くのは【オリヴィア】だった。

煌びやかに装飾された廊下を歩くオリヴィアは、商館の主が自分を一瞥した後はあまり視線を向けてこないのに気付いていた。

（まるでお城の中みたい）

遠い浮島からやって来た自分が、こんな場所に入っていいのだろうか？　と気後れしてしまうほどの豪華さだった。

そんなオリヴィアを客人としてもてなしながらも、商館の主はユリウスとジルクの二人ほど気を遣わない。

露骨な態度こそ取らないが、他の二人とは明確に線引きをしていた。

商館の主の説明に、ユリウスは辟易した様子を見せた。

「理解している。過去はともかく、現在は雇用契約を遵守しているのだろう？　法に触れないクリーンな商売だ」

それを聞いて商館の主も胸をなで下ろしていた。

「ご理解頂けて何よりでございます。どうにも、男性の皆様には誤解されやすい商売でして、目の敵にされることも多いですからね」

二人の会話を聞いていたオリヴィアは、ふと疑問に思った。

好奇心からそれを尋ねてしまう。

「あの、どうして学園では男性が専属使用人を持てないのでしょうか？」

王都の、そして貴族の事情に疎いオリヴィアの素朴な疑問に、商館の主は一瞬だが睨み付けるような目をした。

だが、すぐに困惑した表情で誤魔化す。

「それは歴史といいますか、慣例のようなものでございます。貴族の男性が専属使用人と雇用契約を結ぶのは、世間体がよろしくありませんからね」

「世間体？　え、でも——」

自分が知っている常識とは違う、と言おうとするが止められた。

止めたのはジルクだ。

「オリヴィアさん、あまり主人を困らせてはいけませんよ。長年続いた風習ですから、問われても返答に困ることもあります」

「そ、そうですか」

まだ気になってしまうが、ジルクに止められてはこれ以上問い詰められない。

オリヴィアが追及を止めると、商館の主が安堵していた。

「ご理解感謝致します」

ユリウスは商館の主に、お目当ての専属使用人たちを見せるように急かす。

「それよりも紹介できる専属使用人たちはどこだ？」

「こちらの部屋に控えさせております！」

案内された部屋に入ると、そこには袖付きベストを着用した亜人種たちが整列して待っていた。

鉄格子や柵などは用意されておらず、亜人種たちは拘束もされていない。

エルフ、獣人が数種類いるのだが、誰もが見目麗しい容姿をしていた。

スレンダーで中性的な容姿の者から、筋骨隆々で厳ついながらも顔立ちの整った者まで揃っていた。

商館の主は紹介する専属使用人たちに自信があるらしい。

「この者たちが当商館でも上位の者たちです。どのような場に出ても問題ないマナーを身に付けさせていますし、主人に対する教育も完璧でございますよ。何ならよ――おっと、これは失礼致しました」

商館の主は何かを言おうとしたが、最後まで言わなかった。

ユリウスがオリヴィアの背中に優しく手を置いて軽く押し、前に立たせる。

「好きな使用人を選んでいいぞ。何しろオリヴィアの専属だからな」

「え、えっと」

亜人種たちの胸にはプレートが付けられ、そこには種族と名前、そして契約金が記されていた。

全員がオリヴィアを前に微笑みを浮かべていた。

そんな彼らを前に、オリヴィアは選べない。

(代金は出してもらえるって話だけど、そもそも一年契約でも凄い金額。こんなの在学中だけでも大金が消えちゃう)

庶民感覚が抜けないオリヴィアには、専属使用人を選ぶことなどできなかった。

そんなオリヴィアを見て、ジルクが商館の主に注文を付ける。

「彼女が求めているのは生活のサポートです。特殊な立場故に学園では同性の間で孤立気味でしてね。そんな彼女を支えられる専属使用人との契約が望ましいですね。それ以上の仕事内容は求めていませんので、そこは考慮してください」

ジルクが付けた注文にオリヴィアも文句はない。

商館の主はユリウスやジルク、そしてオリヴィアに何度か視線を巡らせて納得したような顔をした。

「それでしたら特別な者がおります。お客様たちのニーズに最適と思われますよ。ただ、その者は少しばかり問題がありまして」

問題と聞いてオリヴィアは心配になる。

初めて専属使用人と契約を結ぶので、不安になっていた。

「問題ですか？」

「仕事はするのですが、普段の言葉遣いが悪いのです。悪いと言っても多少でございますよ。まだ幼いため仕方のない部分もあるのです。ただ、何度も契約を破棄されておりまして、気難しい子でもありますね」

商館の主の説明に、ユリウスが眉根を寄せた。

「オリヴィアを支えられるのか？」

だが、そこにジルクが割り込んでくる。

「よろしいではありませんか。一度会ってみるのも悪くありませんよ」

「――お前がそう言うなら」

ユリウスが渋々受け入れると、しばらくしてから部屋にエルフの少年がやって来た。

はじめはお店のお手伝いをしているのか？　とオリヴィアは思ったが、どうやらその子が話に上がった専属使用人の候補らしい。

金髪碧眼のエルフの少年は、生意気そうな顔をしていた。

だが、この場では礼儀正しく振る舞う。

「初めましてお客様。僕の名前はカイルと申します」

「は、初めまして。え？　こ、子供だよね？」

戸惑うオリヴィアの横で、ジルクは何度か頷いていた。

そのままカイルに質問する。

「何度も契約を解除されたと聞いていますが、理由は何ですか？」

「――お客様が契約以上の仕事を求めたからです。できません、と断ったら契約を解除されてしまいました」

「ふむ――多少言葉遣いは荒いですが、仕事はするのですよね？」

ジルクが商館の主に顔を向けると、本人が慌てて何度も頷いた。

「それはもちろんでございます。契約を解除されたのは、口の悪さと融通の利かない性格が理由でしたからね。それ以外では、お客様のご要望通りかと」

ジルクはアゴに手を当てて思案した後に、オリヴィアに言う。

「私はこの子がお勧めだと思いますよ」

◇

契約は雇用主と労働者の間で正式に結ばれる。

魔法的な拘束や効果はないのだが、法によって守られる契約だ。

書類を前にオリヴィアは商館の主から今後の説明を受ける。

「専属使用人を奴隷と勘違いしてはなりませんよ。これはあくまで契約であり、双方に義務が発生するのですから」

「義務ですか？」

「はい。専属使用人は雇用主のために働きますが、それは契約で交わした仕事のみです。契約外の仕事をさせたいのなら、個人的に友好な関係を結ぶか、追加で報酬を支払う必要があります」

「は、はい」

オリヴィアからしてみれば、大人の男性よりも子供のカイルの方が話しやすそうだから契約したに過ぎない。

味方の少ない学園で、少しでも気を許せる人が欲しかったからユリウスたちの申し出を受け入れた。

商館の主は言う。

「契約を結んだのですから、主人にも義務が発生します。カイルに寝食を提供するのは、お嬢様の義務ですからね」

「もちろんそのつもりです」

「問題はここからですよ。ちゃんと給与を支払い、休日も与えてください。それらは雇用主の義務でございます」

「――え？」

専属使用人に寝床を用意し、食事も用意するのは知っていた。

だが、休日はともかく、給与の支払いまではオリヴィアも予想していなかった。

「だ、だってあんな大金を払ったのに」

「あれは契約金でございます。給与とは別でございますよ。この義務を怠れば、王国の法により裁かれますのでご注意を。中には学園を退学になったお嬢様方もおられますからね。カイルですと、月に最低でも一千ディアはご用意頂かないといけませんね」

契約を結んだ後にとんでもない話を聞かされ、オリヴィアは頭を抱えたくなった。

(どうしよう。毎月そんな大金を用意するなんて無理だよ)

オリヴィアは商館の主に素直に打ち明ける。

「私には用意できそうにありません」

「お連れのお客様たちが払ってくださるのではありませんか？」

「そ、そこまでは頼れませんし」

オリヴィアはカイルの給与まで払ってもらうのは気が引けた。

何しろ、多額の契約金を支払ってもらった後だ。

悩んでいるオリヴィアに、商館の主は言う。

「あまりお勧めできる方法ではありませんが、学園の生徒さんでしたらダンジョンに挑めば問題ありません。月に数千ディアなど簡単に稼げると聞きますからね」

「ダンジョン？」

「でも、一番は——結婚を餌に、男子生徒たちに資金を用意させる方法ですね。皆様、その方法で給与を支払っておりますよ」

「——え、あ」

学園の女子生徒たちが一般的に行っている小遣い稼ぎだ。

商館の主は、オリヴィアを貴族の子弟と思い込んでいるのだろう。

だが、オリヴィアは俯いてしまう。

（私の場合は結婚を餌にするなんて無理。そもそも、そんな方法を選べないよ。だったら、ダンジョンに挑むくらいしか方法がない。——でも、それだと勉強時間が——）

思い悩むオリヴィアに、商館の主は言う。

「お連れ様がお待ちですよ」

◇

商館の前で、ユリウスとジルクはオリヴィアを待っていた。

建物を背にする二人は、オリヴィアの専属使用人について話をしていた。

「ジルク、あのカイルという専属使用人は大丈夫なのか？　問題児にしか思えなかったが？」

他の専属使用人にすればよかったのに、と言うユリウスに、ジルクは苦笑していた。

「あの子の方が我々も安心できますからね」

「どういう意味だ？」

理解していない様子のユリウスに、ジルクは肩をすくめた。

「殿下が純粋で私は嬉しいですよ。今しばらくは、そのままの殿下でいて頂きたいものです」

「そう言って煙に巻くつもりか？　いつもお前はそうだ」

不満そうなユリウスに、ジルクは微笑みを浮かべていた。

◇

「リオン、あれを見て」

「あん？　――おぉぉ、ついに手に入れたのか」

学園校舎の廊下を歩く俺とマリエは、視線の先にオリヴィアさんを見つけた。

亜麻色のショートボブの髪に、憂いを帯びた水色の瞳。

素朴な感じを残した美少女は、マリエにはない大きな魅力を二つもぶら下げている。

そんなオリヴィアさんの後ろには、金髪の美少年が付き従っていた。

ベストを着用したその少年は、特徴的な長い耳を持つエルフだった。

俺もマリエも彼のことは知っていた。

何しろ、あの乙女ゲーでは主人公の専属使用人にして、集めた情報や現在の好感度を教えてくれるお助け枠だからだ。

ちょっと生意気なエルフの美少年カイルが、オリヴィアさんの側にいて安心した。

「あちらは何事もなくイベントが進行中みたいだな」

順調に主人公様の物語が進んでいるようで何よりだ。

オフリー家を俺たちが倒してしまったので、主人公様たちの方で問題が発生しないか心配だったのだ。

無事にカイルを手に入れてくれたようで、一安心だ。

満足げに頷いていると、マリエが俺に疑惑の視線を向けていた。

疑惑というか苛立ち？　何だか複雑な表情をしていた。

俺は恐る恐る理由を確かめる。

「ど、どうしてそんな目で俺を見ているのかな？」

「あんた、またオリヴィアの胸を見たわね」

俺がオリヴィアさんの胸を見てしまったのが許せないらしい。

視界に入ったんだから、それくらいは許してくれよ！

どんだけ胸に関して厳しいんだよ!?

「み、見てません」

「見たわよね？」

「――はい」

マリエの圧に屈した俺が素直に白状すると、マリエが頬を膨らませて怒っていた。

「どうしてあんたは胸ばかり見るのよ！」

「抗えない本能でして」

「本能だからって許してもらえると思うなよ」

俺は胸の話を終えるために、今後に控える大きな問題について話をする。

「ともかく、あちらはイベントが順調に進行中だ。俺たちは楽しい修学旅行の前に、面倒な問題を片付けるぞ」

ゲームの知識を活かして、先にラスボスを封じる。

転生者ならではの方法だろう。

マリエは唇に人差し指の関節を当てながら、オリヴィアさんの姿を見ていた。

「順調、だといいんだけどね。まぁ、私が気にすることでもないか」

マリエは何かが引っかかるようだが、それよりもラスボスを優先するらしい。

色々と問題ばかりだが、こちらの方が優先度は高いからな。

「ファンオース公国の魔笛さえ回収してしまえば、何の憂いもなくなる。笛一本を手に入れるだけで全て解決だ」

ラスボスさえ出現しなければ、後はルクシオンがどうとでもしてくれる。

他力本願すぎる気もするが、俺たちにはどうにもならない問題だ。

ここは素直にルクシオンの手を借りればいい。

だが、マリエは俺を見て眉をひそめていた。

「な、何だよ？　何か間違ったか？」

「――あのね、リオン。魔笛は二本あるわよ」

マリエの言葉に俺は目を見開いた。

「え？」

「魔笛は一作目だけじゃなくて、三作目にも登場するのよ。だから、存在するのは二本よ」

俺は両手で口元を押さえた。

「そんなの聞いてない」

「聞かれなかったらこっちだって答えようがないわよ。ちなみに、三作目のラスボスを召喚するのは〝ルトルーデの妹のヘルトラウダよ」

魔笛が二本もあるばかりか、ラスボスを召喚するお姫様には妹もいたのかよ!?

俺たちの会話を盗み聞きしていたルクシオンが、薄らとその姿を現した。

「どうした？」

声をかけてやると、ルクシオンが答える。

『ラスボスの問題を処理すれば、当面の問題は解決するのですよね？』

俺はマリエと顔を見合わせてから、頭を振った。

「聖女のアイテム問題が残っているだろ」

『それもそうですね。そちらも早急に解決しましょう。私も少し気になることがありますからね』

ルクシオンが気になる？　首を傾げる俺たちに、ルクシオンは答える気がないのかスッと姿を消してしまった。

第03話「王城侵入」

ファンオース公国。

かつてはホルファート王国に所属していた大公家であり、血筋を遡ればホルファート王家とも繋がる由緒ある家だ。

そんな大公家が王国から独立した理由だが、戦争が頻発したからだと歴史の授業で習った。

同じ国、同じ血筋。

されど、争いは起きるらしい。

結果的に今では憎み合う関係になっていた。

ふわふわしたあの乙女ゲーの設定にしては、この辺りは実に血生臭い。

ラスボスとして立ち塞がる敵国を悪く演出したのだろうか？

「ここがファンオース公国の城か」

公国の首都は王国と同じく城塞都市であったが、その規模は小さかった。

都市の中央に存在する小高い場所に建てられたお城は、まるで要塞のようだった。

夜に紛れるような黒い衣装に身を包んだ俺たちは、そんな要塞を下から見上げていた。

マリエは王城の雰囲気が気に入らないらしい。

「センスがないお城よね。まるで箱みたい」

ゲーム用語に豆腐建築というものがあるが、利便性を追求した単純な箱形構造の建造物だ。

確かにセンスは感じられないな。

「敵国のお城としては無骨で百点だろ？」

「何でもかんでもゲーム思考ってどうなのよ？」

マリエに指摘されて、俺は少しばかり反省する。

確かに、ゲーム的に考えてばかりだった。

「悪かったな。さて、入り込むぞ」

「うん」

マリエと二人で王城の壁をよじ登るのだが、俺たちの手袋とブーツはルクシオンの特別製だ。

平らな壁に手足がしっかり吸着し、容易に登れてしまう。

それればかりか、巡回している鎧――人型の有人ロボットが飛び回っているのだが、黒いスーツが周囲の背景を映して消えているように見えていた。

光学迷彩――ルクシオン様々だ。

壁を登りながら俺はマリエとルクシオンと会話をする。

「物理的には見つからないが、気になるのは魔力探知とかその辺りか？　ルクシオン、そっちは大丈夫だろうな？」

俺たちを先導するルクシオンが、そのまま答える。

『魔力探知といっても高度な技術は使用されていません。私の子機でも十分に誤魔化せますよ。もっとも、私としてはこのような面倒な手段はあまりお勧めしたくありませんでしたけどね』

こんな方法はナンセンス！　と言いたいのだろうが、こいつの言うシンプルでベストな解決方法は酷いから選べなかった。

マリエが壁を登りながら言う。

「あんたのお勧めは、この浮島ごと公国を沈めるって話だったわよね？」

『手早く片付きますのでお勧めですよ。デメリットを挙げるとすれば、魔笛を解析できないことでしょう』

ファンオース公国が隠し持つ切り札の魔笛だが、これはルクシオンが生み出された時代には存在しなかったらしい。

魔笛の効果だが、モンスターを生み出し操ることが可能だ。

そして、術者の命と引き換えに巨大なモンスターを召喚できるのだが、それがあの乙女ゲーのラスボスとなっている。

『私が生み出された時代にモンスターは存在しませんでした。倒せば消えてしまう謎多き存在を操る——興味深くはありますね』

だから侵入して魔笛を盗む作戦に、ルクシオンは渋りながらも同意した。

「この殲滅馬鹿は、もっと穏便な解決方法を思い付かないのかよ？」

『私なりに効率的な方法を提案したまでです。本来ならば、お二人を危険な目に遭わせるのは反対だったんですよ』

グチグチと五月蠅いルクシオンと会話をしていると、目的の窓にたどり着いた。

ルクシオンが先に侵入して安全を確認すると、俺たちに入るよう促す。

『ここから侵入可能です』

俺は後ろをついてくるマリエを振り返り、手を伸ばした。

「ちょっとした怪盗気分だな」

「気分も何も怪盗そのものでしょ」

マリエが俺の手を取った。

◇

王城に来ていたのは、黒騎士と呼ばれる老騎士だった。

名前を【バンデル・ヒム・ゼンデン】。

爵位は子爵であるが、バンデルは公国最強の騎士だった。

子爵という爵位以上の発言権を持っており、公国の中でも特別な存在だった。

頭頂部の毛髪はなくなり、両脇に残った髪を伸ばしていた。

白髪に白髭の武人という印象の強い老騎士は、これまでに何度も公国の危機を救ってきた英雄であった。

そんな彼は、公国の姫たちに面会するため王城を訪れていた。

夜も更け、用事も済ませたので後は帰るだけだった。

しかし。

「何やら嫌な気配がするな」

王城の門を前にして、立ち止まって振り返る。

見送りの騎士が、そんなバンデルに苦笑している。

「侵入者が現われれば城の者たちがすぐに見つけ出しますよ」

自分たちは夜も警戒を怠っていない、という自信を持っているのだろう。

だが、バンデルからすれば、そんな騎士の発言は温く感じられた。

(この程度の気配も感じ取れぬ軟弱者ばかりが増えてしまったな。王城内の騎士たちが一番頼りにならぬとは皮肉なものだ)

公国の騎士たちの質は決して悪くない。

しかし、それは公国軍全体を見れば、の話だ。

全体の平均を下げているのは、王城を守る護衛の騎士たちだった。

「――忘れ物をした。取りに戻る」

取って付けたような言い訳をすると、バンデルは踵を返して王城の中へと向かう。

見送る予定だった騎士が、慌てて後を追いかけた。

「それでしたら私が取りに向かいますから!」

「いらぬ」

王城内にある宝物庫に侵入した俺たちは、お目当ての魔笛を探していた。

「どれが魔笛だ？」

公国のお姫様たちが使用する魔笛は、あの乙女ゲーに名前だけが登場したアイテムだ。

その性能はわかっていないが、モンスターを操り、ラスボスを召喚することだけは判明している厄介なアイテムだ。

必死に魔笛を探している俺の横では、マリエが宝物庫内のお宝に目を輝かせていた。

「見てよ、リオン！　このアクセサリー凄い。売ったらいくらになるかしら？」

王族が身に着けるような装飾品の数々を前に、身に着けるよりも売り払ったらいくらになるのか考えていた。

少し前までは玉の輿を狙っていたのに、自分が身に着けるという発想が生まれないのか？

「盗むなよ」

「盗まないわよ！　それにしても、随分と簡単に侵入できたわね」

マリエが疑問を抱くほどに、俺たちは簡単に侵入できていた。

その理由は、ルクシオンだ。

周囲を警戒するルクシオンが、マリエの疑問に答える。

『〝あの乙女ゲーの続編〟を聞いたマスターが、遅ればせながら私にファンオース公国の調査を依頼しましてね。時間がないので情報は集め切れていませんが、王城内の見取り図や警備の配置くらいなら容易く調べられますよ』

「あんた、何でもできるわね」

『はい。私は優秀ですから』

「ついでに自信過剰ね」

『事実です。それから、魔笛の保管場所は二つ用意されています。ここにあるのは、二つの内の一つです』

マリエから魔笛が二本存在すると聞かされた時は驚いた。

大急ぎでルクシオンに調べてもらい、王城内に侵入する段取りをつけてもらった。

俺たちが簡単に侵入できたのもルクシオンのおかげである。

マリエが一番豪華な台に飾られた笛を見つけた。

「あったわ！　きっとこれが魔笛よ！　こんな形だった気がするわ！」

自信満々に魔笛を指さすマリエは、自分の手柄だと言いたいらしい。

『あ、そちらは偽物です』

だが、ルクシオンにあっさり否定されてしまった。

「え？」

『そちらはレプリカです。本物は隠し扉の向こうに保管されています』

ルクシオンに言われるまま、俺たちは仕掛けを動かして隠し扉を発見する。

それを注意深く開けると、そこにはレプリカと同じ形をした魔笛が保管されていた。

「あったな」

「偽物まで用意するとか、どれだけ慎重なのよ」

黒く細い魔笛を前に、俺たちが手を伸ばす。

すると、ルクシオンに邪魔された。

『迂闊に手を出さないでください。仕掛けがあるので、それらを解除してから取り出さねば罠が発動します』

「厳重だな」

仕掛けを外してから魔笛を回収したが、何だか禍々しい笛だ。

マリエが魔笛を見ながら首をかしげる。

「これ、どうするの？」

破壊する方が安心できるが——破壊後に何が起きるか不明だ。

不用意に破壊して、封印されていた巨大モンスターが出現した！　なんて展開になっても怖いので、魔笛は持ち帰るのが無難だろう。

「持ち帰ってルクシオンに調べてもらうしかないな」

「聖女の首飾りといい、禍々しいアイテムばかりね」

怨念が宿っていた聖女の首飾りも、現在ルクシオンに解析を任せている。

俺たちでは調べようがないからな。

『そちらは現在解析中です。では、念のためにこちらのケースに魔笛を保管してください』

ルクシオンが用意したのは、魔笛を収納するのに最適な大きさのアタッシュケースだった。

アタッシュケースに魔笛を入れて閉じると、厳重にロックがかかる。

簡単には解除できないようになった。

「一本目は無事に回収したな」

俺がそう言うと、マリエが額を手で拭う。

「このまま二本目も無事に回収したいわね。さぁ、次に行くわよ」

「おっと、その前に――」

宝物庫を出る前に、俺はあえて盗んだとわかるように痕跡を残すことにした。

お遊びなどではなく、魔笛が盗まれたと公国が気付くことに意味がある。

「――切り札を失ったと理解すれば、不用意に戦争なんて仕掛けてこないだろ」

戦争の引き金というか、要因の一つは間違いなく魔笛だった。

切り札があるために、ファンオース公国はホルファート王国に戦争を仕掛けたのだから。

「怪盗らしくなってきたな」

魔笛は頂いた、というカードを残して、俺たちは宝物庫を後にする。

王城内なので、当然ながら夜だろうと見張りの騎士や兵士たちがいる。

巡回して見回りも行っていた。

だが、その巡回ルートやら見張りの交代時間やらが筒抜けになっていたら？

事前に情報を手に入れていたのもあるが、ルクシオンの子機も優秀だ。

城内をあらゆる手段で索敵しており、情報がリアルタイムで手に入る。

そんなルクシオンに道案内を任せれば、敵に遭遇することなく目的地にたどり着くことも可能だ。

見張りが立っている場所もあるが、ルクシオンの特製スーツを着ている俺たちは周囲の景色に溶け込むので発見されない。

それに。

「王城内なのに気が緩みすぎだな」

見張りをしている騎士も兵士も、欠伸をしている者たちが目立っていた。

マリエは気にしていない。

「その方が楽でいいわよ。それで、二本目はどこにあるの？」

ルクシオンがある部屋の近くで動きを止めた。

『二本目の入手は難易度が高いですよ。何しろ――』

保管場所だが、何と第二王女【ヘルトラウダ・セラ・ファンオース】の寝室だった。

部屋の前には当然のように見張りの騎士たちが立っていた。

「宝物庫に続いてこっちも見張りか。まぁ、当然と言えば当然だよな」

ホルスターからサイレンサー付きの拳銃を抜き出した俺は、両手で持って構えた。

見張りをしている騎士たちに銃口を向ける。

「少し眠ってくれよ。すぐに終わるから」

パシュッ、という音が数回。

撃たれた騎士たちは、急な痛みに驚きながらも武器を手に取ろうとして——白目をむいてそのまま倒れた。

マリエはその様子を見て感心している。

「麻酔銃にしても効果がエグいわね」

ルクシオンが俺たちを急かしてくる。

『交代する騎士が来るまで三十分程度です。急いでください』

急ぐ理由は理解しているのだが、俺は気が進まなかった。

「女の子の部屋に入るとか、ちょっと気まずいな。マリエ、取ってこいよ」

侵入するのを躊躇(ためら)っていると、マリエが俺を睨んでくる。

「はぁ!?　何で私が危険なことをしないといけないのよ。あんたも来い！」

マリエに強引に手を引かれた俺は、ヘルトラウダ殿下の部屋に押し込まれた。

中には女性が数人いて、急にドアが開いたので驚いていた。

「ごめんね」

謝罪しながら拳銃を向けて引き金を引けば、何が起きたのかわからないまま女性たちが気を失って倒れていく。

全員が気を失ったところで、ルクシオンが部屋の中をスキャンした。

『発見しました』

部屋の中の仕掛けを動かすと、壁に掛けられていた絵画が横に移動して金庫が出てくる。

マリエが金庫に近付いて、ルクシオンを見た。

「暗証番号は？」

『そちらのダイヤルはフェイクです。開け方は――』

指示通りに金庫を開けると、マリエは中から魔笛を取りだした。

「二本目ゲット～！」

小声でそう言って、マリエはアタッシュケースに二本目の魔笛を収納する。

簡単に二本の魔笛が手に入ってしまった。

これで公国の切り札は奪ったので、あの乙女ゲーで起きた戦争の回避に大きく貢献できることだろう。

俺はマリエと顔を見合わせ、頷いた後に音を立てずにハイタッチをした。

「よし、ミッションコンプリートだ」

「ふぅ。これで安心ね」

さっさと王城を抜け出して家に帰ろうとしていると――。

「誰？　お父様？　お母様？」

――ヘルトラウダ殿下が目を覚ましてしまった。

すぐに麻酔銃を殿下に向けると、マリエが俺を止める。

「馬鹿！　まだ子供よ！」

「馬鹿はお前だ！」

幸いにして俺たちの恰好は、黒ずくめ。

今は目出し帽で顔も隠している。

だが、姿を見られたのはまずい。

声も聞かれてしまった。

すぐに眠ってもらおうとしていると、ヘルトラウダ殿下も徐々に覚醒してくる。

壁の仕掛けが開けられ、侍女たちが床に倒れているのを見て目を見開いた。

即座に状況を理解したらしい。

「き、貴様らはどこの手の――」

大声を出そうとしたので、マリエがすぐに飛び付いて口を塞いだ。

「ちょっと、声が大きいわよ！　人が来ちゃうじゃない！」

そのために大声を出したと思うんですけど？

拳銃の引き金を引くべきか迷っていると、ルクシオンが俺に近付いてくる。

『この部屋の音は外に聞こえないようにしています。多少乱暴にしても問題ありません』

「そうは言われても」

目の前にいるのは、まだ幼い女の子だった。

ストレートの長い黒髪に白い肌、赤い瞳に気の強そうな顔付き。

背丈はマリエと同じくらいに見えるが、体の一部の成長が著しい。

年齢はマリエよりも下のはずなのに、立派な胸を持っていた。

発育って残酷だな。

俺は威嚇のために拳銃を向けたまま、ヘルトラウダ殿下に近付いた。

武器を持った男が近付いてくるだけでもかなりの恐怖だろう。

ヘルトラウダ殿下は、涙目だが気丈にも俺を睨み付けてくる。

この子は強いお姫様のようだ。

「手を離してやれ」

「い、いいの？」

「伝えることがある」

マリエが口を押さえていた手を離すと、ヘルトラウダ殿下が大声を出した。

「くせ者よ！　誰かいないの！」

いくら叫んでも誰も来ない。

それを知って、ヘルトラウダ殿下は少し大人しくなった。

いや、絶望したのだろうか？　表情は強がっていたが、今は先程よりも血の気の引いた顔をしている。

「――外の兵士たちはやられたようね」

「簡単に倒れてくれました。公国の兵士は質が悪いようですね」

キッと俺を睨み付けてくるヘルトラウダ殿下を見て、俺はこのままでいいのか？　と思案する。

戦争が回避されるならば、この子たちは生き残るはずだ。

そうなった時に、何も知らないというのは危うい。

あの乙女ゲーをクリアした知識がある俺は、もっと最善の方法があるのではないか？　と欲を出してしまった。

――この子が真実を知るように誘導できないか、と。

「魔笛はもらっていきます。これで、公国は王国に対する切り札を失いますね」

「――そうかしら？　公国がこの程度だと思っているなら、あなたはお目出度い頭をしているのね」

ヘルトラウダ殿下は俺から視線をそらして強がっていた。

自分の部屋にある魔笛が失われても、もう一つ残っていると考えたのか？

それとも公国の切り札は魔笛だけではないと強がっているのか？

どちらにしろ、この状況で強がれるというのが凄い。

あの乙女ゲーではただの敵であるはずだが、こうして相対してみると意地のある立派なお姫様だな。

「強がらなくても結構ですよ。宝物庫の魔笛も回収済みです。仰々しく飾られていた偽物ではなく、隠されていた本物を見つけ出しました」

ヘルトラウダ殿下の肩が少しだけ動いた。

俺の言葉に動揺してくれたようだ。

未熟さを見せてくれたが、同時に素直な性格なのだと思う。

マリエは俺たちのやり取りを、黙ってジッと見ている。

俺はヘルトラウダ殿下との会話を続けた。

「悔しいですか？」

「別に。私を殺したければ殺しなさい。ですが、必ず報いを受けることになるわよ」

「――本当に憐れな子だ。何も知らずに、いいように操られていることにも気付かない。都合のいい傀儡(かいらい)ですね」

「何ですって？」

「真実が知りたいなら、本当の歴史を調べなさい。書庫番の老人なら手がかりを持っているかもしれませんよ」

書庫番の老人とは、あの乙女ゲーでテキストのみで語られた存在だ。

主人公たちが王国と公国との間にある本当の歴史を知る場面だったか？　僅かに残った記憶を頼りに喋っただけだが、これで安心できるかどうかは微妙だな。

それでも、手がかりになればという気持ちで伝えたかった。

「真実を知る勇気があれば、の話ですけどね」

銃口を向けたまま、俺はマリエを連れて部屋を出た。

そしてドアを閉めたら――全速力で駆け出した。

マリエも俺のスピードについてくる。

「ちょっと、今の話は何よ！　私、何も聞いていないわよ!?」

ルクシオンも俺の行動が理解できないらしい。

『マスターの行動に意味があるとは思えません。ヘルトラウダが真実を知ったとして、何か利益があるのですか？』

「もしかしたら平和に近付くかもしれないだろうが！」

ヘルトラウダ殿下が真実を知れば、王国との間に和平が成立する可能性もあるはずだ。

戦争が遠のくならば、これくらい助言してやってもいい。

ルクシオンは理解できずにいた。

『魔笛を失った公国など消し飛ばしても問題ありませんよ』

「そういう解決策は嫌いなの！」

俺たちは外に隠しているエアバイクに乗り込み、さっさと王城から脱出したかった。

後は抜け出すだけだ。

「怪盗の真似事もこれで終わりだ。二度とごめんだね！」

俺の意見にマリエも賛同する。

「私だって二度とごめんよ！」

最短ルートでエアバイクを目指す俺たち。

だが、ルクシオンが迫り来る脅威を察知した。

『マスター、予定にない戦力を確認しました』

バンデルが城内に入ると、兵士たちが慌ただしく動いた。

「何事だ？」

バンデルが兵士を捕まえて話を聞くと、兵士は面倒そうな顔をした。

だが、相手がバンデルであると知ると態度が一変した。

「く、黒騎士様!?」

敬礼をする兵士に、バンデルは眉根を寄せて再度尋ねる。

「この騒ぎは何事だ？」

「は、はい！　実は見張りの者たちが倒れておりまして。何者かに侵入されたようなのです」

慌てふためく兵士の様子を見て、バンデルは目を見開いた。

「姫様たちは無事なのか!!」

怒鳴り声を出すバンデルを前にして、兵士はしどろもどろになる。

「いえ、それはこれから確認すると、思われて」

「もういい！」

バンデルが兵士を突き飛ばして駆け出すと、侍女や騎士たちに囲まれ、寝間着に上着を羽織ったヘルトルーデが現われた。

彼女は【ヘルトルーデ・セラ・ファンオース】。

ヘルトラウダの姉である。

サラサラとしたロングの黒髪は、飛び起きたせいで乱れていた。

侵入者と聞いて心細かったのか、白い肌が青みがかっているように見えた。

バンデルはヘルトルーデに駆け寄る。

礼儀よりも安全が大事と考え、無礼と思いながらもヘルトルーデの様子を確認する。

傷はなく、服も乱れた様子はなかった。

「ご無事でしたか、姫様!?」

「えぇ、何ともないわ。それよりも何事なの？　侵入者が現われたと聞かされただけで、詳しい話は誰も知らないみたいなの」

バンデルはヘルトルーデに見えない位置で、手を握りしめた。

不甲斐ない王城の騎士や兵士たちに怒りを覚える。

(姫様たちを不安にさせるとは何事か！　やはり、ゲラットに任せたのが失敗であったわ)

バンデルは平静を装い、ヘルトルーデを安心させるために優しい声で語りかける。

「わし自ら調査致しましょう」

「お願いするわ。それから――ヘルトラウダは無事かしら？」

この場にヘルトラウダがいないと聞いて、バンデルは血の気が引いた。

そこに兵士が駆け込んでくる。

「ヘルトラウダ殿下が襲撃を受けました！　侵入者は二人！　魔笛を奪って逃走中とのことです！」

青ざめた兵士の言葉を聞くと、バンデルは駆け出した。

（ヘルトラウダ殿下を狙うとはなんたる無礼者共か！　このわしが斬り刻んでくれるわ！）

「鎧を出せ！」

◇

窓から外に飛び出した俺たちは、周囲を警戒して飛び回る鎧を前に焦っていた。

サーチライトがいくつも用意されて夜空を照らしている。

飛び回っている鎧の数も多い。

「気付かれたな。さっさと逃げよう」

「うん！」

草むらに隠したエアバイクにまたがれば、マリエが俺の後ろに座って両手で腰に抱きついてきた。

ガッチリと掴んでくるマリエの力に苦笑してしまった。

女性ながら力強い。

これなら落ちそうにないな、という安心感があった。

「落ちるなよ」

「撃墜されたら許さないからね」

エアバイクが地面から浮き上がると、アクセルを回してエンジンを吹かした。

『魔力探知妨害は正常。目視による視認性も光学迷彩により問題ありません』

そのまま王城を脱出して空を飛んだが、敵の鎧は追いかけてこなかった。

「楽勝だな！」

これで俺たちは、何の憂いもなく学園生活を送れる――そう思ったところで、マリエが叫ぶ。

「ちょっと待って――一機だけこっちに向かってくるんですけど!?」

「え？」

振り返ると、闇夜の中を追いかけてくる鎧が見えた。

王城を護衛していた鎧と同じタイプで、その右手には大剣が握られている。

左手にはライフルを握っており、こちらに銃口を向けていた。

『緊急回避！』

ルクシオンが言うと、エアバイクのハンドルが勝手に動いて車体を左に曲げた。

直後、右側を何かが凄い勢いで通り抜けた。

それが実弾だと気付くのに、数秒かかった。

「こっちが見えているのか!?」

光学迷彩で俺たちの姿は見えないはずなのに、敵はこちらを捉えていた。

ルクシオンが敵の解析を終える。

『――鎧は王城の護衛機ですが、パイロットは黒騎士です。ファンオース公国の要注意人物ですよ。待機中のアロガンツを出撃させます』

黒騎士と聞いて、俺はゾッとした。

それはマリエも同じだったのだろう。

「待ってよ。なんで黒騎士が出てくるのよ！」

『王城に常駐していなかったはずですが、予測が外れてしまったようです』

ジグザグに飛行して弾丸を回避する中、俺は接近してくる敵機を見て眉根を寄せる。

「振り切れないか」

黒騎士の乗る鎧の向こう側を見ると、公国の鎧が迫ってきていた。

このままでは囲まれてしまうと判断した俺は、マリエにハンドルを任せることにした。

「エアバイクの操縦は任せるぞ」

「リオンはどうするのよ!?」

「俺？　俺は――こうするんだよ！」

マリエの腕を放した俺は、そのままエアバイクから降りて落下する。

マリエは驚いた顔をしていたし、こんなことは俺もしたくなかった。

「拾ってくれよ、アロガンツ！」

祈りつつ待っていると、アロガンツが飛んできて俺を回収する。

「信じていたぞ、相棒！」

アロガンツのツインアイが数度点滅し、俺の声に応えたように見えた。

第04話「ファンオース公国の黒騎士」

王城の護衛機に乗り込んだバンデルは、目の前の僅かな不自然さに目を凝らしていた。

「姿を消すような魔法があるとは聞いたことがない。ロストアイテムの類いか？　だが、何よりも老いが憎い」

全盛期の自分ならば、姿を消した敵など今頃は撃ち落としていたはずだと悔やむ。

そして、王城で運用されていた鎧にも腹を立てる。

「見てくれだけ磨いて、ろくな整備もしておらんのか！」

本来の出力が出ず、動かした時の違和感も大きい。

予備機として保管してあったのだろうが、満足に整備をしていないのは明白だ。

そんな状態でもバンデルの乗る鎧は、後方から追いかけてくる味方機よりも速かった。

バンデルは弾切れとなったライフルを放り投げ、少しでも機体を軽くすると速度を上げた。

「姫様の寝所に忍び込んだ害虫共は、このわしが斬る！」

バンデルの意思に呼応した鎧が、更に速度を上げた。

目の前を走る何かを追いかけ、刃を振り下ろすために。

しかし、そんなバンデルが速度を落とした。

「鎧だと!?」

空から降ってきた黒と灰色の鎧が、空中で何かを回収していた。

自分の勘が危険を告げており、バンデルは逃げ去る敵よりも鎧を警戒する。

「大きい。わしの鎧よりも一回り以上あるか？」

自身の専用機と比べても大きな敵機に警戒する。

大きければ大きいほど、鎧というのは動きが鈍くなり速度が遅くなる。

適度な大きさでない鎧は例外を除いて弱く、普段ならば警戒するほどの敵ではない。

それでも、バンデルの勘が警戒を強めていた。

「胸部ハッチが開いて――抜かった！」

自身の失敗を恥じつつ、機体を加速させて黒い鎧へと迫る。

だが、気付いた時には手遅れだった。

数秒か数十秒か、そのほんの僅かな時間は、敵に与えてはいけないものだった。

『黒騎士の爺さんが相手とか勘弁願いたいね』

操縦者を得た敵機が加速する。

箱を背負ったような姿をしている敵機だが、そこから武器を取り出した。

片手で持てる戦斧で、バンデルに斬りかかってきた。

その一撃をバンデルは大剣で受け止めると、眉間に皺を寄せた。

(この鎧、何という機体性能をしているのだ！　わしの鎧と互角か？　いや、機体性能だけならば敵

が上か）

戦いながら冷静に敵の戦力を分析していた。

『ここで沈んどけよ、爺さん！』

年若い敵の声を聞いて、バンデルは積み上げてきた経験から答えを導き出す。

「――若いな」

機体性能の圧倒的な差を見せ付けてくる敵機を前に、バンデルは蹴りを放って距離を取った。

『なっ!?』

慌てている敵操縦者の声を聞いて、予感が的中したと確信した。

「鍛えてはいるようだが、明らかに実戦経験が足りておらぬ。だが、お前のような者は生かしておくと面倒になる――ここで殺す」

バンデルは大剣を黒い鎧に振り下ろした。

◇

敵機が振り下ろしてきた大剣が、アロガンツの胸部横を直撃した。

金属同士の激しい衝突に火花が散り、衝撃は操縦席まで伝わってくる。

「おいおい、なんでこの爺さんはこっちを削ってくるんだよ」

アロガンツの装甲は、この世界の鎧では貫けないように特殊素材を使用していた。

軽くて頑丈な素材であるため、ライフルの直撃を受けても耐えられる。

そんな頑丈なアロガンツが、黒騎士の爺さんが乗り込んだ普通の鎧に傷付けられた。

「普通の鎧に乗っていたら勝てると思ったのにさ」

強引に距離を取ろうとするが、機体に振動が起きた。

「何が起きた？　左腕にワイヤー？　——っ!?」

考えている間に大剣が胸部ハッチを傷付ける。

貫かれてはいないが、それでも何度も攻撃を受けるというのは気分がよくない。

アロガンツの左腕を見れば、ワイヤーが絡んでいた。

ワイヤーが繋がっている先にいたのは、黒騎士が乗る鎧だ。

『そう簡単に逃がすと思うなよ』

「あんた無茶苦茶だな」

アロガンツが逃げないようにワイヤーで捕まえたわけだ。

敵機が大剣を器用に振り回し、アロガンツの装甲に傷をつけていく。

一度や二度なら問題ないが、何度も同じ場所を傷付けられると不安になった。

「こいつ！」

アロガンツのパワーで強引に振り回そうとするが、黒騎士の爺さんは鎧の扱いに長けていた。

振り回されないように空中を飛び回り、時には振り回された勢いを利用して攻撃を仕掛けてくる。

「これだけ性能差があるのに、ここまで喰らい付くのか!?」

王城に配備された鎧だが、性能だけを比べるならアロガンツの敵ではない。

スポーツカーと軽自動車がレースをするくらい無茶な話だ。

それを技量で補ってくるとか、黒騎士の爺さんは規格外の化け物かよ。

『未熟――それだけの鎧を持ちながら、性能を引き出せぬ愚か者だな』

「このっ！」

大剣の一撃を戦斧で弾き返すが、一度弾いても次の攻撃を弾くのが間に合わなかった。

「操縦者の技量が違いすぎるってか」

認めたくないが、認めざるを得ないくらい圧倒的だった。

機体性能と同じかそれ以上に、俺は黒騎士の爺さんに操縦技術で負けていた。

『言葉遣いに王国訛りがあるな』

俺が王国の人間であると感づくと、黒騎士の爺さんの勢いが増す。

斬撃は速く、そして鋭かった。

「ぐっ」

『姫様に何をした？　言え、王国の外道共が!!』

こっちが引いてしまうくらいの気迫を見せる黒騎士の爺さんを前に、俺は手も足も出なかった。

一方的に攻撃を受ける側になっていた。

揺れ動く操縦席。

モニターは衝撃でノイズが走り、映像が悪くなっていた。どうやらカメラにも攻撃を受けてしまったらしい。

機体各所の異常を知らせる警報が鳴り響き、このままでは危険であると知らせてくる。

「操縦者の技量は覆しようがない。それなら、機体性能で押し切る！」

操縦桿を握り直し、フットペダルを踏み込んだ。

アロガンツのエンジンが唸りを上げた。

『無駄なことを！』

口では無駄だと言っているが、俺は気付いていた。

黒騎士の爺さんが嫌がることは何か？

それは機体性能で押し切られることだ。

先程まで口では何のかんのと言っていたが、焦っていたのは俺だけではない。

いくら斬り刻んでも倒せないアロガンツを前に、黒騎士の爺さんも焦っていたはずだ。

わざわざこちらに語りかけてきたのも、心理的に威圧するためだろう。

「俺は勝てる分野で戦う主義だ。機体性能の差で勝負してやるよ！」

『未熟者が！』

「あぁ、俺は未熟者だよ。だから得意な分野で頑張らせてもらう。熟練者なんだから初心者に優しくしろよな、爺さん!!」

アロガンツのバーニアが火を噴き、黒騎士の爺さんが技量でカバーしきれないほどの速度を出して振り回す。

『おのれぇぇ!!』

「死ぬなよ、爺さん」

振り回された黒騎士の爺さんの乗る鎧だが、アロガンツを相手に無茶をしすぎたせいで関節が悪くなっていたようだ。

振り回した衝撃で関節がちぎれ、そのまま落下して地面に叩き付けられた。

「死んでないよな?」

確認すると、鎧はまだ動いていた。

ホッと胸をなで下ろしていると、王城の警備をしていた鎧たちがアロガンツに迫っていた。

『敵は一機だ! 囲んで叩け!』

ようやく追いついてきた敵機の群れを見て、アロガンツに戦斧を収納させた。

両手を広げさせてから、俺は周囲に告げる。

「威力は落としているが、当たると痛いから覚悟しておけ」

バックパックコンテナのハッチが開くと、そこからミサイルが次々に発射された。

周囲にいる敵の鎧に襲いかかる。

『追いかけてくるだと!?』

逃げ回る敵機がミサイルに追尾され、次々に追いつかれて直撃——そのまま爆発に呑まれて落下していく。

敵機は原形を保っており、操縦者も無事なようだ。

元から威力を落としているので、敵機を吹き飛ばすような力はない。

中には直撃しても飛んでいる鎧もあった。

『面妖な奴！』

「妖怪扱いか。ま、そっちの方が都合はいいけどさ」

未確認機として所属が不明のままである方が、俺たちにとっては都合がいい。

そんな連中に魔笛を奪われたと知れば、ファンオース公国はしばらく大人しくするしかないだろう。

「さて——このまま逃げるとするか！」

『に、逃がすな、追え！』

「追いつけるわけねーだろ、ばーか！」

ボロボロになったアロガンツを上昇させ、そのまま公国の鎧を振り切ってやった。

森に落下したバンデルの鎧は、手足を失っていたが操縦者は無事だった。
胸部ハッチを蹴り飛ばして外に出たバンデルが空を見上げると、公国の騎士たちがいいように弄ばれていた。
その姿に手を握りしめる。
騎士たちへの怒りはもちろんあるが、何よりも許せなかったのは自身の不甲斐なさだ。

「敵の動きはどこかで操縦を学んだ動きだな。王国の騎士か？」

鎧自体はこれまでにない存在だったが、動かし方には癖があった。

王国の騎士を思わせる動きだ。

また――王国の人間に負けたという事実が悔しくてたまらなかった。

バンデルの握った拳から血が流れる。

本人は血走った目を見開き、逃げていく敵機を見つめていた。

「――次は負けぬ。必ず撃墜するぞ、小僧」

◇

翌日。

ヘルトラウダ――ラウダの部屋には、大勢の人間が詰め掛けていた。

調査を専門とする者たちが、魔法や道具を使用して侵入者たちの痕跡を探していた。

だが、何も見つからずに頭を抱えている。

「いったい誰が侵入したのだ」

「王国か？」

「騎士も侍女も、敵の侵入に気が付かないとは情けない」

その様子を見ているラウダの側には、【ゲラット】伯爵がいた。

豪華な衣服に身を包むその男は、公国内でも権力を持つ貴族の一人だった。

だが、そんな男がラウダに向ける視線は冷たかった。

自慢の髭を指で優しくつまむように撫でながら、ラウダには刺々しい言動を繰り返していた。

「失態でしたね、ヘルトラウダ殿下。よりにもよって、魔笛を奪われるとは何事ですか？」

「――言い訳はしないわ」

唇を噛みしめるラウダを見て、ゲラットは加虐心が刺激されたのか僅かに嬉しそうだ。

「当然ですよ。魔笛は公国の宝にして切り札。魔笛の適性があるからこそ、殿下たちは後継者たり得たのです。それなのに、魔笛を奪われてしまってどうします？　殿下たちの存在意義もなくなってしまうではありませんか」

家臣なのに随分と上からの態度を取る男だった。

王家への尊敬の念など持ち合わせていない。

責め立てるゲラットを見ていられず、見守っていたヘルトルーデが口を挟んで庇う。

「騎士たちが手も足も出ない者に、ラウダが抵抗できたとでも？　ゲラット、ラウダをすぐに休ませなさい」

痛いところを突かれたと思ったのか、ゲラットは不満そうな顔をする。

ヘルトルーデの命令にも反抗的な態度を取る。

「それはできません。すぐにでも不届き者の情報を集めなければ。重要な目撃者はヘルトラウダ殿下ただ一人。休むのは調べ終わった後です」

「これは命令よ」

「今回の件は公国の一大事。殿下とはいえ、協力して頂きますよ」

姫たちの命令だというのにゲラットは逆らっていたが、それを周囲の誰も咎めようとはしなかった。

ただ遠巻きに見ているだけで関わろうとしない。

「ゲラット！」

ヘルトルーデが激高すると、この場に巨漢の男がやって来た。

バンデルだ。

「こ、これは黒騎士殿！　もうお体はよろしいのですか？」

バンデルが登場すると、ゲラットの態度が一変した。

怯えた様子を見せるゲラットを、バンデルは睨み付ける。

「この程度、どうということはない。それよりも、ヘルトラウダ殿下はお疲れのご様子。休ませるが、問題ないな？」

「え？　――は、はい！　もちろんですとも」

バンデルに威圧されると、ゲラットは渋々と引き下がった。

周囲の者たちも誰も異議を唱えない。

その様子を見ながら、ラウダは思う。

（この城で味方をしてくれるのはバンデルだけね）

自分たちの周りには敵対しないだけで、味方ではない者たちで溢れていた。

ラウダは侵入者たちの言葉を思い出す。

(都合のいい傀儡――それに真実、か。書庫番の老人を訪ねろと言っていたけれど、何かあるのかしら?)

侵入者たちの言葉に踊らされるのは癪だが、今はどうにも気になって仕方がなかった。

解放されて一人になったラウダは、侵入者たちの言うとおりに書庫番の老人を訪ねることにした。

何度も利用したことはあるが、書庫番の老人とはまともな会話をした覚えがない。

それでも、ラウダは老人に尋ねる。

「この国の真実について何か知っているかしら?」

問われた老人は、目を見開いて驚いていた。

「な、何のことでございましょうか? この老いぼれには思い当たる節がございません」

明らかに誤魔化している態度に、ラウダは強引に尋ねる。

「私は知りたいのです! この件は内密にしますから、知っていたら教えてください。真実とは何ですか?」

老人は視線をさまよわせ、冷や汗をかいていた。

だが、覚悟を決めたのか、部屋の奥――隠されていた数冊の本を持ってやって来る。

それをラウダの目の前に置いた。

「随分前に処分するよう命令された本でございます。多分、こちらが姫様のご所望の品になるかと思われます」

それはとても古い本だった。

「これは歴史書？　どうしてこんなものが――」

パラパラと目を通したラウダだったが、内容を確認すると驚愕する。

「――これはどういうことなの？」

そこに書かれていたのは、王国と公国の歴史だ。

ただし、ラウダが知っている歴史とは異なっていた。

老人が俯きながら答える。

「真実と言っていいものかわかりませんが、そちらが意図的に隠された事実でございます」

一方的に王国が悪いと教わってきたのに、歴史を調べてみれば公国に原因があったのだ。

驚愕して声も出ないラウダに、老人が処分するよう命令された経緯を話す。

「先代の陛下と王妃様が亡くなられた後に、これらの書物は破棄するよう命令が出されました。ですが、歴史的に価値があるもので、処分するには忍びなく」

命令に背いてまで、老人は歴史書を処分しなかった。

ラウダは震えていた。

「じ、事実なの？　これが真実だというの!?」

（どうして侵入者たちは、この事実を知っていたの？　書庫番が隠し持っているなんて、どうやって調べたというのよ!?）

ラウダの問い掛けに、老人は頷いて答えた。

「王国が二十年も前に攻め込んだのも事実です。ですが、その前には公国が王国領で暴れ回って同じことをしておりました」

今まで聞いていた話とは違う、とラウダは狼狽する。

自分が信じていたものは、意図的に不都合な部分が消されたまがいものだと知って足下が崩れたような感覚に襲われた。

「どうして。どうして隠したのですか？　どうして――私たちに教えないのですか？」

ラウダの声は真実を知って震えていた。

「――申し訳ありません」

老人は膝をついて頭を下げると、涙を流した。

「お二人がお生まれになってすぐに、公国内では和平派の陛下たちが、主戦派の諸侯たちに暗殺されたのです」

「あん、さつ？」

そこから語られるのは、公国では公然の秘密というものだった。

当時の公王家は王国との和平を考えていた。

歴史的な背景と、二国間にある国力の差――それらを考えれば、いつまでもホルファート王国と争うのは不毛である、と。

それに対して主戦派は激怒し、公王と王妃を暗殺した。

遺された二人の姫を主戦派が担ぎ上げたのが、今の状況だった。

ラウダは膝から崩れ落ちると、涙がポロポロとこぼれてしまう。

「そんなのってないわよ！　これじゃあ、本当に私たちはただのお飾りじゃない」

殿下と呼ばれながらも、城内での扱いが悪い理由も察しが付いた。

周囲にとって、自分たちは――魔笛を扱う道具でしかないのだ、と。

それ以上でもそれ以下でもなく、大事にされるだけで主人と認められていなかったのだ、と。

「――ま、待って。なら、バンデルは？　お姉様の護衛のバンデルはどうなの？　私たちに近付けるのは、お父様やお母様を裏切った主戦派なのよね!?」

ラウダが慌てたのは、バンデルが主戦派に所属していたからだ。

ファンオース公国の救国の英雄は、ホルファート王国との戦争を強く主張していた。

つまり――。

老人は苦しそうに事実を述べる。

「バンデル殿は――暗殺には関わってはいないと思われます。ですが、昔から主戦派の重鎮だったお方です。知らなかったとは、思えません」

ラウダは、信じていたバンデルの裏切りに涙を流し続けた。

第05話「聖女の道具に宿る者」

ファンオース公国から帰還した俺とマリエは、ルクシオン本体に用意された研究室を訪れていた。

回収した魔笛をルクシオンに解析させるために、わざわざ運んできたわけだ。

ルクシオンはアタッシュケースから魔笛を取り出すと、すぐに簡易的な解析を開始した。

その様子を眺めること数十分。

ルクシオンが解析結果を俺たちに知らせてくる。

『予想はしていましたが、この魔笛は旧文明が崩壊後に作られた道具になりますね』

ルクシオンたちが関わっていないロストアイテムという意味だが、問題なのはその性能だ。

モンスターを操り、ラスボスのような敵まで召喚する規格外な道具である。

「お前らの後の時代にこんなものが作られたのか？」

俺からすれば信じられなかった。

現代でもこれだけの魔笛は作り出せないからだ。

ルクシオンは俺の質問に答えつつ、説明を続ける。

『はい。私たちの文明と、マスターたちの生きる今の文明の間にいくつかの文明が存在していたと考えられます。これは、その時代に作られたものになりますね』

俺とルクシオンとの会話に興味がないのか、マリエはずっと魔笛を見ていた。

「それがわかったから何だっていうの？」

マリエの態度に呆れてしまう。

「お前はもう少し歴史に浪漫を感じたらどうだ？　今よりも凄い文明が存在したかも、って聞いてワクワクしないのか？」

興味を持つ俺に対して、マリエは呆れかえっていた。

「ルクシオンがいる時点でそんなの当たり前じゃない。そもそも、中間にいくつか文明があったから何だっていうのよ？　それ、私たちに直接の関係はあるの？」

「――いや、あんまり」

「あ、そう」

知ったところで、俺たちがその情報を有効活用するわけでもない。

マリエは興味を持つだけ無駄だという態度だ。

ルクシオンは興味を持つ俺に対して、説明を続けてくれる。

『その文明ですが、モンスターを操る道具を完成させたのでしょう。魔法的な契約によってモンスターたちを従えていると判断します。その際の触媒は、術者の魂です』

「え!?」

興味がなさそうなマリエだったが、ルクシオンの話は聞こえていたのだろう。

驚いて、魔笛から飛び退いて距離を取った。

俺も静かに一歩だけ下がる。

魂を吸う道具とか、歴史的価値云々の前に呪われた道具としか聞こえない。

「さ、さっさと壊そうぜ」

俺が処分するように命令するも、ルクシオンは興味津々だった。

『有用なので解析をしてから破壊します。ですが、ご安心ください。その辺にいるモンスターたちを操ったところで、魂を奪われることはありません。精々、精神的な疲労感を味わうだけでしょう』

「そうなのか？」

『ただ、この魔笛に封印されているモンスターは別です。人工的に生み出されたモンスターを召喚できる細工がありますが、その代償として術者は命を失うでしょうね』

魔笛には巨大なモンスターが封印され、笛を操ることで自由に呼び出せる。

厄介なのは、その巨大なモンスターは倒してもすぐに復活する点だ。

『封印というのは正確ではありませんね。この魔笛には巨大モンスターの元になるデータが保存されています。術者は魂を使って周辺の魔素を集めて巨大モンスターを実体化させるのです。破壊されてもすぐに復元するのも、元のデータがあり、そして周辺の魔素でいくらでも再生可能だからでしょう』

マリエは面倒になったのか、さっさと破壊したいようだ。

「面倒ね。壊せないの？」

俺も破壊するのには賛成だが、ルクシオンは慎重だった。

『いえ、周囲に影響なく破壊できます。使用されている魔法と科学技術に価値があるので、解析を続けたいのです』

俺としては一刻も早く破壊してほしいのだが、ルクシオンは納得しないだろう。

無理矢理壊させても、後でグチグチ言われそうなのでこの場は我慢する。

「調べ終わったらちゃんと壊せよ」

『もちろんです』

研究室には、他にもルクシオンが集めたと思われる様々な道具や生物が保管されていた。

中にはモンスターまである。

そんな研究室で、特別厳重に保管されているのは——球体のガラスに封じ込められた黒い靄だった。

ガラス玉の大きさは二メートルくらいだろうか？

中に封じ込められているのは、女性のシルエットをしている黒い靄だ。

「さっきから気になっていたんだけど、これって何？　モンスターの一種か？」

ガラス玉の中で暴れ回っているように見えるが、抜け出せないらしい。

俺が指をさすと、マリエも気になったらしい。

というよりも、見覚えがあるようだ。

「こいつ、どこかで見かけたような気がするのよね。どこだったかしら？」

考え込む俺たちに、ルクシオンがアッサリと答えを言う。

『首飾りに取り憑いた存在です。アストラル体——言ってしまえば怨念ですね』

それって幽霊とか怨霊だよね？

ファンタジー世界に転生して、初めて実物を見た。

だが、捕らえられている姿を見ると怖くない。

「聖女の首飾りに取り憑いていた奴か。これ、何か言っているのか？　暴れ回っているように見えるけど？」

『音声を遮断し、中からは外の景色が見えないようにしています。ここから出せと騒いで、こちらの質問にはまったく答えません。――なので、実験を繰り返しております』

実験という言葉を言う際に、ルクシオンの赤いレンズが妖しく光ったように見えたのは気のせいだと思いたい。

マリエが俺の手にしがみついてくる。

「リオン、私は怨念よりもルクシオンの方が実は怖い奴だと思うの。怨念に対して実験を繰り返すとか、こいつの方が怖いわよね？」

「奇遇だな。俺も同じ気持ちだよ」

警戒する俺たちを前に、ルクシオンが振り返って赤いレンズを向けてきた。

『失礼な人たちですね。私は人類に危害は加えませんよ』

こいつ、嘘つきやがった。

「嘘を言うなよ。お前、初対面の時に殺しに来ただろ！」

『――不幸な誤解がありましたね』

何て奴だ。

そう思っていると、マリエが更にルクシオンの問題点に気付く。

「ちょっと待って。こいつの言う人類、って旧人類のことよね？　こいつ、私たち以外は人類と認めていないんじゃないの？」

俺とマリエがルクシオンに疑惑の視線を向けると――赤い一つ目をそらした。

『さて、マスターたちもいるので、この怨念と会話をしてみましょうか。違った反応を見せてくれるかもしれませんし』

話をそらすな！　そう言いたかったが、俺たちのことが見えるようになった怨念がスピーカーを通して大声で叫ぶ。

『殺してやる！　皆殺しだぁぁぁ!!』

あまりの声量に、ルクシオンが音声を絞る。

『五月蠅いですね。あなたが希望した通りにマリエを連れてきましたよ。たまには違った反応を見せてください』

ルクシオンがそう言うと、黒い靄の黄色い目が二つ、大きく見開かれる。

マリエに飛びかかってこようとするが、ガラス玉の中に封じ込められて手が出せないらしい。

『見つけた。見つけたぞ、マリエェェェ!!　私の血を引く者よ。さっさとその肉体を寄越せぇぇぇ!!』

言っていることが酷すぎる。

それに、見た目も凄く怖い。

まさに悪霊って感じだな。

——ちょっと、というかかなり怖い。

俺は倒せるモンスターは怖くないが、幽霊とかそっち系はどうにも苦手だからな。

俺は怨念を前に震えてしまうが、マリエの方は相手が手も足も出せないとわかっているので鼻で笑っていた。

「動物園の猛獣みたいで可愛いわね。そもそも、人の体を寄越せとか酷くない？　ルクシオン、こいつ消しちゃって」

『マリエがそう言うのなら構いませんよ』

二人の会話を聞いた怨念が吼（ほ）える。

『お前はそれでも私の子孫か！　憎くないのか、ホルファートがぁぁぁ!!　あの糞野郎共の子孫たちを地獄に叩き落として、私はリーアの——リ……ア……アの……？』

吼え、暴れ回っていた怨念の動きが止まった。

代わりにそのアーモンド状の黄色い目を大きく見開いて俺を見た。

——え、ちょっと怖いんですけど。

「お、おい、何だよ。なんで俺を見るの？　え、もしかして俺って呪われるの？」

怖くなって引き下がろうとすると、怨念が膨れ上がって更に暴れ出す。

『リーア——リーアァァァ!!』

「ぎゃぁぁぁ!!」

俺に迫ろうとしてくる悪霊の迫力といったら――怖くて泣きそうになった。

ガラス玉にひびが入ると、シャッターが下りて怨念を厳重に隔離した。

俺一人、呼吸が荒くなっていて胸に手を当てて安堵している。

「あ〜、怖かった」

俺の情けない姿を見ていたマリエは、クスクスと笑っていた。

「何よ、男なのに情けないわね」

「いや、怖いだろ!? 幽霊とか普通に怖いから!」

化け物はいいが、幽霊は駄目なんだよ! この世界なら対処法があるとは思うが、モンスターのゴーストと幽霊って別だろ? 倒せないものは怖いんだよ。

マリエは幽霊など怖くないと言い張る。

「はっ! 世の中にはね、お化けよりも怖いものがあるのよ。現実の方がよっぽど怖いわよ」

前世で過酷な人生を歩んでいたマリエには、幽霊よりも怖いものがあるようだ。

俺は幽霊を怖がったことを隠すように、ルクシオンの失態を責める。

「それよりもルクシオン、あの怨念はちゃんと管理しておけよ。逃げられたりしたら承知しないからな」

『――驚異的なパワーでしたね。マスターに反応していたのが気になります。本人が希望したマリエよりも、どうしてマスターに強い反応を示したのか？ それに、マスターを見てリーアと呼んでいましたが、名前でしょうか？』

新たな発見に、ルクシオンは興味を示していた。

この調子なら逃がさないよね？　可能ならできるだけ早く成仏させてほしいけど、とりあえず安心だろうか？

「俺が知るかよ！　あ～、怖かった。今日は帰ってさっさと寝るわ」

風呂もトイレも早めに済ませて、布団にくるまって寝よう。

そう心に決めていると、マリエが俺をからかってくる。

「もしかして怖いの？　夜中にトイレに行けないとか？　リオンって可愛い～。私が添い寝でもしてあげようか？」

馬鹿にしやがって！

「怖くないっての！」

「ムキになるところが子供よね」

――こ、こいつ、幽霊が怖くないからって威張りやがって。

それはそうと、聖女のキーアイテムに怨念が宿っているとか予想外だ。

これが聖女の首飾りだけの話ならばいい。

だが、聖女のキーアイテムはあと二つ存在している。

――ルクシオンに調査させた方がいいのだろうか？

「ルクシオン、少し頼みがある」

『何ですか？』

「聖女のアイテムについて調べてほしい」

『――可能ですが、優先順位とリソース的に後回しになりますよ』

「え？　何で？」

後回しになると言われたのは初めてなので、首を傾げるとルクシオンが呆れていた。

『公国の脅威は消え去ったのですから、私はこの星の調査を本格的に開始します。ラスボスが出現しない今、聖女の道具については優先度が下がりますからね』

ラスボスが出現しないばかりか、主人公様たちの前に立ちはだかるオフリー家も存在しない。

この状況であれば、主人公様が聖女の道具を所有していなくても問題ない。

むしろ、手に入れない方が無難ですらある。

『魔笛という脅威は取り除かれましたが、まだこの世界に脅威が残っている可能性は十分にあり得ます。私はそちらの対処を優先します』

あの乙女ゲーに世界を滅ぼす道具が、まだ残っている――とは思いたくないな。

放置するのも心配だし、ルクシオンに調べてもらうのも悪くないだろう。

「わかった。でも、可能な限り早く調べてくれよ。オリヴィアさんが手に入れたら面倒になるかもしれないし」

『可能な範囲で急ぎましょう。ただ、マリエの肉体を奪えていない時点で、脅威度はそこまで高くないと判断しますけどね』

俺とルクシオンがマリエに視線を向けると、本人は少し驚きつつも不快そうにしていた。

「それどういう意味よ？」

俺とルクシオンは顔を見合わせ、妙な納得感を得ていた。

「確かにマリエで無事なら、オリヴィアさんでも抵抗できそうだな」

『現時点で聖女の能力だけを判断基準にするならば、マリエの方が優秀です。ですが、素質を考慮すれば、いずれはオリヴィアが追い抜くでしょう』

ルクシオンから見ても、聖女の適性はオリヴィアさんの方が高いらしい。

マリエは俺たちの評価が我慢ならないようだ。

「好き放題言って何なのよ！　そんなに私とあの女を比べて楽しいの!?」

マリエの反応を見て、俺は苦笑してしまった。

「比べたのは聖女の適性だけだろ。そう怒るなよ」

ルクシオンもマリエを慰める。

『マリエは素晴らしい女性です。私はオリヴィアよりもマリエの方が優れていると判断していますよ。オリヴィアは聖女の適性に優れ、魔法を得意とし、異性から見れば容姿に優れ、魅力的な肉体を持っています。精神性も評価できますが――マリエは旧人類の特徴を多く持っていますからね。それだけで、私はマリエを高く評価します』

ルクシオンなりにマリエを褒めたのかもしれないが、全力で相手を煽っているようにしか聞こえなかった。

マリエが般若のような顔をして、怒りに体を震わせている。

俺はルクシオンを睨み付けてやった。

「お前はどうして人間の心の機微を学ぼうとしないの？」

全力で地雷を踏み抜くような言動には、この俺でも呆れ果ててしまうよ。

『――マリエは存在するだけで素晴らしい、と伝えたつもりなのですけどね』

マリエが指の関節をポキポキと鳴らし始めた。

「あんたら覚悟はできているのよね？」

俺とルクシオンは諦めて、マリエの前で正座をする。

ルクシオンも地面に降りて、マリエを見上げるという降参のポーズを取っていた。

第06話「楽しい修学旅行？」

修学旅行を目前に控えた頃。

ユリウスのもとに、嫌な知らせが届いた。

その知らせを持ってきたのは、婚約者である【アンジェリカ・ラファ・レッドグレイブ】だった。

レッドグレイブ公爵家の娘であり、ユリウスとは幼い頃からの知り合いだ。

艶のある輝くような金髪は、編み込まれてまとめられている。

強い意志を感じさせる赤い瞳も特徴的だ。

レッドグレイブ公爵家の姫として育てられ、次期王妃として教育を受け、磨かれてきたアンジェリカはとても美しかった。

いずれはユリウスの妻となるのだからと、大事に育てられてきたのがアンジェリカだ。

だが、そんなアンジェリカを――今のユリウスは煩わしく思ってしまっていた。

「父上が殿下も話し合いの場に参加するよう、段取りを調えております」

淡々と用件を告げてくるアンジェリカを見るユリウスは、日程の書かれた書類をこれ見よがしに握りしめてクシャクシャにした。

どうしてユリウスがこんな露骨な態度を取ったのか？

それは話し合いの場が王宮であり、日時が修学旅行の当日だからだ。

「わざわざ修学旅行の日にぶつけてくるとは、レッドグレイブ公爵も意地が悪い。いや、仕組んだのはお前か、アンジェリカ？」

仕組んだと言われたアンジェリカが、露骨に嫌悪感を示した。

「状況をお考えください。オフリー家とラーファン家が取り潰されたのですよ。大変なのはこれからです。日程に関しましては――その、ご理解頂くしかありませんが」

少し前に悪い噂の絶えなかったオフリー家と、貴族の義務を放棄して放蕩三昧だったラーファン家が戦争に敗北して滅んでしまった。

実行したのはローズブレイド伯爵家だが、その裏で動いていたのはバルトファルト男爵家だった。

王宮の事情的に、自分たちが裁いた風にすれば体面がいいとして「取り潰し」と言っているだけ。

ローズブレイド家もバルトファルト家も、利益を優先して王宮の面子（メンツ）を守った。

そんなやり取りが、ユリウスには嫌で仕方がなかった。

「見過ごしていたオフリー家の悪行が露見したから、王宮が慌てて事後処理をしているだけだろ？ローズブレイド家はうまくやったな。面倒な事後処理は王宮に押し付けて、利益は総取りだ」

皮肉を言うユリウスに、アンジェリカは悲しそうな表情をしていた。

「ちゃんとお伝えしましたよ。それでは、私は失礼致します」

アンジェリカがユリウスの自室を後にする。

ユリウスの斜め後ろにはジルクも控えていた。

無表情ではいるが、アンジェリカに対して苛立っているようだ。

「――修学旅行の件を見抜かれた可能性がありますね」

その話をすると、ユリウスの表情が曇る。

「クリスに悪いことをしたと思っていたが、これでは俺たちも無駄骨だ」

二人が話しているのは、修学旅行のグループ分けだ。

このグループ分けだが、一年時に決定すると以降は変更がない。

クリスに悪い、というのは【クリス・フィア・アークライト】が、本来であればオリヴィアと同じグループだったからだ。

ジルクが小さくため息を吐いた。

「伝手（つて）のある教師に相談して、せっかく我々とオリヴィアさんを同じグループにしたのに残念で仕方がありません」

色々と手を回したのに、結果的にオリヴィアとの修学旅行には参加できない。

二人にとっては骨折り損だ。

「――そのせいでクリスを他のグループに移すことになったが、お前の策略じゃないだろうな？　俺はそこまでしろとは言っていないぞ」

ユリウスはクリスに申し訳なく思っていた。

疑われたジルクは、焦って否定する。

「私だってそこまでしませんよ。確かにクリス君もオリヴィアさんと仲良くしてはいますが、そのような小狡い真似はしません」

　オリヴィアに恋をしているライバルを蹴落とすような真似はしない、というジルクにユリウスが自嘲した。

「グループ分けで卑怯な真似をした俺たちが言っても仕方がないけどな」

「——まぁ、そうなんですけどね」

　ジルクも自分が言う台詞ではなかったと反省しているようだ。

「クリスは事情を知らないだろうが、後で何かしら償いをしないといけないな」

「私の方で何か手配しておきましょう。それにしても、アンジェリカさんには困りましたね」

　二人は、アンジェリカが自分たちの計画を知って、強引に邪魔をしたのではないか？　と考えていた。

「正直、俺はアンジェリカがここまでするとは思わなかった。自分も修学旅行に行かずに王都に残るんだからな」

　今後についての話し合いなどと柔らかく言ってはいるが、これは派閥争いの一環だ。

　情勢が変化する中、派閥の調整にレッドグレイブ公爵が動くと二人は予想していた。

　ジルクはアンジェリカが去った後のドアに視線を送る。

「情の深い方ですからね。それが行きすぎていると気付かないのが欠点ではありますが」

「——情か」

　二人は数秒黙った後、ため息を吐いてから今後の話し合いについての相談をする。

「それで？　王宮内の動きはどうなっている？」

ユリウスの問い掛けに、ジルクは事前に調べていた情報を伝える。

「レッドグレイブ公爵がローズブレイド、バルトファルトの両家を褒め称えていますよ。貴族の義務を果たして立派である、と」

ユリウスにとって、それは意外な話だった。

「レッドグレイブ公爵が褒めた？　騒ぎを起こした両家を？」

「オフリー家はフランプトン侯爵の派閥に所属していましたからね」

レッドグレイブ公爵家と対立しているのは、フランプトン侯爵が率いる派閥だ。

フランプトン侯爵に痛手を与えたローズブレイド、バルトファルトの両家は、レッドグレイブ公爵家に利益をもたらしたというわけだ。

ユリウスの表情が曇る。

「また派閥争いか」

「両家の繁栄を素直に喜んではいないでしょうが、敵対派閥へダメージを与えてくれたことには感謝しているそうです。――本当に、面倒な話ばかりで嫌になりますよ」

今日は味方でも、明日は敵になっているかもしれない。

そんな状況が毎日続いているのが王国の貴族社会だ。

ユリウスはそんな状況に嫌気が差していた。

天井を仰いで、額に拳を当てる。

（こんな状況でも派閥争いに興じるばかり――本当に大人の世界は嫌になるな）

ユリウスは深呼吸をしてから席を立った。

「ローズブレイドもバルトファルトも余計なことをしてくれた。それで、本人たちは修学旅行に参加するのか？」

ジルクは肩をすくめて残念そうに報告する。

「そのようです」

「――そうか」

自分たちを騒ぎに巻き込んでおきながら、相手は修学旅行に参加する――それを面白いとは、ユリウスには思えなかった。

◇

「豪華客船で修学旅行なんて最高ぉぉぉ!!」

王都の港に停泊していたのは、三隻の豪華客船だった。

学園の生徒たちはグループ分け通りに乗り込み、三隻の豪華客船はそれぞれの目的地を目指して出港した。

三隻とも三百メートルを超える大きさで、レジャー施設が揃っていた。

貴族の子弟が乗り込むとあって、内装も非常に豪華である。

金のかかった飛行船であるのは間違いない。

こんな機会は滅多にないので船内を散策していたわけだが、豪華さを前にしてマリエのテンションは最高潮だった。

「あ〜、何て素晴らしいのかしら！　移動だけで四泊五日と聞いた時は馬鹿みたいって思っていたけど、こんな豪華客船で遊び放題なら許せちゃう！」

片道二泊三日という旅だ。

目的地にだって二泊三日程度の滞在であり、実質的に移動にばかり時間を割いている。

これを聞いて馬鹿らしく思ったのは俺も同じだが、豪華客船の施設を見て回ったら不満も吹き飛んでしまった。

「予想していたよりも数段上の待遇で驚くよな」

修学旅行と聞いて前世を思い出したわけだが、比べるのが間違っていた。

そもそも、ゲームでは修学旅行の移動中に何のイベントも起きなかった。

背景一枚すら用意されていなかったので、内容を詳しく知らなかった。

はしゃいでいる俺たちの横では、ルクシオンが面白くなさそうにしている。

『――無駄が多すぎますね。しかし、この程度ならばパルトナーにも施設を用意できます』

マリエはルクシオンの発言にニヤニヤしていた。

「あんたも負けず嫌いね。まぁ、私としてはパルトナーの内装が豪華になるのは嬉しいから止めないけど」

「あんまり煽るなよ。それより、マリエの方は同じグループに知り合いとかいるの？　俺はルクル先輩とか、同じグループに数人いたけどさ」

残念ながら、友人のダニエルとレイモンドは別グループである。

同じグループで親しいのはルクル、という同じ貧乏男爵家の先輩だけだ。

他の知り合いで乗っていると言えば――ディアドリー先輩くらいかな？　この度、目出度く親戚になる予定なので、知り合いと言えば知り合いだ。

――華やかすぎて近寄りがたい人だけどね。

散策していたマリエの足が止まった。

その顔は何故か青くなっており、何かを不安に思っているようだ。

「ど、どうした？」

マリエの様子が一変したので心配すると、その理由を教えてくれる。

「――エリーとシンシアとベティの三人よ」

その三人の名前を聞いて、俺はマリエの顔が強張っている理由が理解できた。

エリーは読書が大好きな女の子、なのだが――それ以外には興味がなく、普段の生活すら一人では困難な子だ。

シンシアは物臭な女の子で、部屋に引きこもって寝てばかりだ。

ベティは――絵を描くのが大好きなのだが、それ以外は無駄と割り切っている。

三人ともマリエの知り合いで、マリエが面倒を見ている女の子たちだ。

面倒というかお世話？　日常生活すらままならない同級生たちを、まるで母親のように世話しているのがマリエだ。

マリエがいるグループに、教師たちがあの三人を押し込んだとしか思えないな。

「ブリタたちは？」

マリエにはもう一組、仲の良い三人組の女の子たちがいた。

リーダー格のブリタが率いるその子たちは、どうやら別グループらしい。

マリエが頭を振った。

「クリス様と一緒に水の都に行くの～！　ってはしゃいでいたわ」

「クリス？　攻略対象のクリスか？　あいつらの推しはクリスだったのか？」

まさかブリタたちが、クリスのファンだったとは知らなかった。

「ミーハーなだけよ」

俺とマリエは歩き出し、話題は自然と主人公様——オリヴィアさんへと移る。

あの乙女ゲーのラスボスという脅威は排除したわけだが、オリヴィアさんが誰と修学旅行を共にするのかは気になる話題だ。

「そういえば、オリヴィアさんも俺たちと同じグループだぞ。攻略対象で乗っているのはユリウス殿下とジルクの二人だ。マリエはどっちが恋人候補だと思う？」

恋バナならば喜ぶと思ったのだが、マリエは複雑そうな顔をしていた。

少し前に玉の輿を狙って近付いた貴公子たちの恋愛模様を、素直に楽しめないのかと思っていたが違うらしい。

マリエは何やら考え込んでいる様子で、自身の髪の毛を指先でもてあそんでいた。

「――見ていないのよ」

「見ていない？　何を？」

「私はユリウス殿下とジルクを見ていないのよ。オリヴィアは見かけたから、間違いなくこの船に乗っているわ。でも、二人が乗っていないって女子の間で噂になっているのよ」

乗船してから出港するまで、確かに殿下たちの姿を見ていなかった。

俺の視線は、自然と相棒のルクシオンがいる右肩付近へと向かっていた。

ルクシオンが赤いレンズを数回光らせ、豪華客船の乗員全てをスキャンしたらしい。

その結果を伝えてくる。

『ユリウス、ジルク、両名の生体反応を確認できません』

「――他の三人は？　いや、クリスは別だとわかっているんだけどさ」

『確認できません』

もしかしたら、とすがるような気持ちで他の攻略対象が乗っていないか聞いてみた。

結果、確認できず。

「――嘘だろ」

第07話「船上の悪意」

豪華客船で迎えた最初の夜。

広間ではビュッフェ形式の食事が用意され、舞台の上では貴族の子弟のために出し物が用意されていた。

音楽、踊り、そして奇術。

生徒たちを飽きさせないために、もてなす側も大忙しだった。

そんな会場では【ディアドリー・フォウ・ローズブレイド】が、多くの生徒たちに囲まれていた。

「ディアドリー様、オフリー家を打ち倒したお話を聞かせてください」

「ローズブレイド家の勇姿を是非とも！」

「舞台の演目になるという噂は本当ですか？　それなら、是非とも観たいです！」

囲んでいる大半は女子生徒だが、その中には男子生徒たちも含まれていた。

ローズブレイド家がオフリー家を打ち破った。

この話は貴族たちだけでなく、一般庶民にも好意的に受け入れられていた。

空賊たちと手を結んだ悪い貴族が打ち倒される――わかりやすい構図が、大勢の心を掴んだのだろう。

お気に入りの扇子で口元を隠したディアドリーは、金髪を縦ロールにした絢爛華麗な女子生徒だった。

三年生であり、名門ローズブレイド伯爵家の娘。

グループの中でも一番力を持つ女子生徒であるため、周囲の注目を集めていた。

「あらあら、耳が早いですわね。舞台については当家とは関わりがありませんが、許可を求められたという話は聞いていますわね」

自分たちが舞台で演劇をさせるわけでなく、請われたので許可を出した、と告げた。

周囲の反応は「やっぱり」だ。

「素晴らしいご活躍だったのですよね？」

問われれば、ディアドリーは大きな胸を張って答える。

「当然でしてよ。当家に情けない戦い方は似合いませんもの」

そんなディアドリーを周囲がもてはやす。

それをディアドリーは、高笑いをしながら受け入れ――心の中で自分に言い聞かせる。

(オフリー家は空賊と繋がった貴族の面汚し。全くもってその通りではありますが、ステファニーが最後に見せた意地だけはわたくしが覚えておきましょうか)

オフリー家の娘であるステファニーは、最後にディアドリーの伸ばした手を振り払って意地を示した。

ステファニーを嫌っていたディアドリーだったが、その一点だけは敬意を抱いていた。

ディアドリーは生徒たちに囲まれながらも、会場に視線を巡らせる。

（ユリウス殿下にジルク――それに、アンジェリカまで不参加とは思いませんでしたわね。これは、お土産でも買って帰らねば小言をもらいそうね。いいえ、文句の一つや二つ受け止めるのが礼儀かしら？）

自分たちが起こした騒動のせいで、三人が修学旅行に参加できなかった。

そのことを申し訳なく思う。

しかし、ディアドリーも貴族の娘だ。

（文句を言われる程度なら、おつりが来るほどの収穫ですものね。アンジェリカが狙っていたバルトファルト家との縁も結べたのだから）

アンジェリカたちに悪いことをした、と思いながら、オフリー家の一件で得られた利益を考えてほくそ笑んでいた。

同時に。

（お姉様の結婚相手も無事に見つかりましたし、当家としてはいいこと尽くめですわね）

ディアドリーの視線は、ある二人の人物に向けられる。

会場で周囲を気にしながら食事をする、リオンとマリエだ。

（あら？　何やら落ち着かない様子ですわね。何か問題でも起きたのかしら？）

お気に入りの親戚が困っているので助けるべきかと思ったが、ディアドリーの視界に不穏な気配を放つ女子グループが入った。

二人組の女子生徒たちは、何やらコソコソと話をしている。

二人はいかにも悪事を働きそうな顔をしていた。

(あらあら、どんな悪巧みを相談しているのやら)

夕食はビュッフェ形式だった。

それはいいのだが、テーブルの上にはマリエが持ち込んだ料理の山が並んでいた。

「これを全部食うのか？」

目を丸くする俺を前に、マリエはパスタの山を平らげていく。

「心配事があるとお腹が減るのよね」

心配で食べ物が喉を通らない、というのはマリエに当てはまらないらしい。

俺は目の前にあるサラダやローストビーフを食べながら、現状について確認する。

「オリヴィアさんの相手が乗っていないんだぞ。少しは心配したらどうだ？」

マリエは次の料理に手を付けていた。

「心配するって言っても、しょせんは他人の恋路でしょ」

「お前、今更それを言うのかよ？　国の命運が——今はかかっていないけど、今後のストーリーが気にならないのか？」

マリエはフォークでミートボール的な何かを突いていた。

「戦争の心配もなくなったのに、今更気にしてもしょうがないでしょ」

マリエの言い分にも一理あるのだが、やはり気になってしまう。

「俺としてはオリヴィアさんの今後が気になるけどな。幸せになってほしいと思うし」

「あ？」

何故かマリエが俺を睨んできた。

俺がオリヴィアさんに幸せになってほしい理由だが、実はあの乙女ゲーを何度もプレイしたのが原因だ。

常に女の子の主人公を動かしているとね——何だか親目線とも違う保護者のような感覚になってくる。

色々と問題の多いゲームではあったが、主人公様にはハッピーエンドを迎えてほしい。

それが俺の本音である。

ただ、マリエは俺の気持ちを察してくれなかった。

「どうせ胸が大きいから依怙贔屓(えこひいき)しているだけでしょ」

怒っているマリエに正論を述べても、きっと受け入れてくれないだろう。

俺は少し考えてから、逆らわないことにした。

「——うん」

仕方なく、マリエの考えに同意した。

それなのに、マリエの表情は鬼のように変化する。

「告白すらまともにできないあんたが、私を無視して他の女にうつつを抜かして――」

「こ、告白の話は、今は関係ないだろ?」

「大いにあるわよ！　あんたときたら、いったいいつになったらまともな求婚ができるようになるの?　今まで何回失敗してきたと思っているの?　毎回ハードルを下げているのに、その下をくぐってくるとかわざと?　わざと狙っているのよね?　この前なんて指輪を投げて寄越したわよね?　理由を聞いたら『言葉は無粋かと思って』なんて言い出してさ！　何なの?　ねぇ、何なの、あんたは!?」

マリエが俺に対して不満をぶちまけてくる。

また始まったと思っていると、姿を消したルクシオンがボソリと言う。

『ここでマスターが呆れるのは違うと思いますよ。もう少し反省した方がよろしいかと』

――え?　俺が悪いの?

食事会場となった広間の隅で、二人の女子生徒が話していた。
一人は癖のある長い髪に、垂れ目が特徴的な【ダリー】だ。
「面倒だったけど、教師連中に聞いて回ったから間違いないよ。殿下たち、修学旅行自体に参加しないみたい」

豪華客船に乗船しなかっただけで、現地集合という可能性も捨てきれなかった。

だから教師に話を聞いたのだが、どうやら王宮の会議に参加するため修学旅行自体に不参加となっているらしい。

もう一人の八重歯が特徴的な【ドナ】は、ニシシッと笑っていた。

「それなら邪魔が入らないうちにやっちゃう？　やっちゃう？　平民に調子に乗るな、って釘を刺すのもドナたちの務めでしょ？」

二人は殿下たちがいない間に、オリヴィアに釘を刺す――というよりも、いじめを行うつもりでいた。

「ドナ、あんまり過激なことをして面倒を起こさないでよね。公爵令嬢様だったアンジェリカまで、公然と叱られたんだからさ。後で文句を言われたら、あたしらだって面倒なことになるよ？」

そう言いながらも、ダリーの顔は笑っていた。

殿下たちに叱られても構わない、という態度だ。

ついでに、殿下に咎められたアンジェリカに対して、無礼な口調になっている。

それも仕方がない。

二人は王宮でも重要なポジションにいる高級官僚の娘たちであり、所属しているのはレッドグレイブ家の派閥だ。

「ドナ知ってるよ。パパたち、ユリウス殿下たちが平民にお熱なの面白くないみたい」

それを聞いてダリーが両の口角を上げてニヤリと笑った。

「殿下たちがいない間に、あの平民女にちゃんと教育してあげないとね」

「キシシッ、貴族の義務ってやつ？」

オリヴィアに用意されたのは、狭いながらも個室だった。

二段ベッドがある部屋で、机と椅子が用意されている。

元々は二人部屋だったのだが、女子生徒は個室が用意される決まりだったのでオリヴィアにも適用された。

ディアドリーなど爵位も高く、実家の影響力が強い女子生徒たちは、もっと広く豪華な部屋が割り当てられている。

ただ、オリヴィアはこの状況を悪いとは思っていなかった。

持ち込んだ本を机に積み上げて、乗船後からずっと勉強をしていた。

(こんなに落ち着いて勉強ができたのは久しぶりかも)

心なしかペンの動きも軽やかだった。

他の生徒たちは豪華客船に夢中で、ユリウスたちも不在とあって誰もオリヴィアを訪ねてこない。

一人で部屋にこもって勉強していると、ドアがノックされて体がビクリと反応する。

「は、はい!?」

うわずった声で返事をして恐る恐るドアを開ければ、そこにはカイルが立っていた。

呆れた様子でため息を吐いている。

「夕食の時間になっても出てこないなんて、何を考えているんですか？」

朝の乗船から夜まで、何も食べずに勉強ばかりしていたオリヴィアを心配していたのだろう。

「夕食は広間が会場になっています。ご主人様も来てください」

部屋から出て夕食をとるように促されたオリヴィアは、振り返って机の上を見た。

読みたい本がまだ沢山残っている。

勉強だってまだやり足りない。

「あはは……ごめんね、カイル君」

「君はいりません。僕はご主人様の専属使用人ですよ。もう少し、ご主人様らしく振る舞ってもらわないと困ります」

「そう言われても、慣れなくって」

困った顔で笑うオリヴィアに、カイルは呆れていた。

「夕食をとり損ねると大変ですよ。レストランで食事もできますけど、そちらはお金がかかりますからね」

多くの施設は無料で遊べるが、有料の施設も多い。

オリヴィアはお金がかかるのが怖くて、部屋を出て遊ぶ気にもなれなかった。

「も、もう少ししたら食べに行くから」

「食事の時間が終わるまで残り一時間程度です。早めに終わらせてくださいね」

「うん、ごめんね」

「だから――いえ、もういいです」

最後まで主人らしい態度を取らないオリヴィアに、カイルは諦めて去っていく。

ドアを閉めたオリヴィアは、お腹が空いていることに気が付いた。

ただ、それでも食事をしたいとは思えない。

「外に出たくないな」

ユリウスたちがいない今、自分が一人で食事をしていたら絡まれるのではないか？　貴族様たちの楽しい時間を邪魔して、不快にさせるのではないか？

色んな心配に襲われて、億劫になっていた。

「今日はこのまま勉強だけしていたいな……くしゅっ！」

机に向かおうとするオリヴィアは、くしゃみをすると寒気を感じた。

額に手を当てると普段よりも熱っぽい。

「急にどうして……でも……勉強しないと……」

第08話「狡賢い」

目を覚ましたオリヴィアは、随分と体が重く感じた。

頭が重くて思考も鈍い。

自分が熱を出したと気付くのに時間はかからなかった。

「どうしてこんな時に」

せっかく勉強する時間が確保できたのに、とまず残念に思った。

ベッドの上に起き上がって勉強するべきか、それとも体調を整えるために体を休めるか思案する。

「とりあえず、回復魔法を試してみようかな？」

怪我ならば治療もできたのだが、病気ともなれば治癒の方法が違う。

オリヴィアが両手を自分の胸に当てると、淡い光が全身を包み込む。

癒しの光がオリヴィアを病から救おうとするが、それは完全ではなかった。

「――これでいいのかな？　病気の治療方法は勉強していないから、合っているのかわからないけど」

自分自身に回復魔法をかけて様子を見るが、病状は軽減されたものの完治とはいかなかった。

体はだるいままで、思考も鈍い。

「今日一日は休まないと駄目か」

ベッドに倒れ込むと、眠気が襲ってくる。

そのタイミングでドアがノックされた。

面倒だが返事をすると、ドアが開かれカイルが部屋に入ってくる。

「ご主人様、そろそろ起きないと朝食をとり損ねますよ。――ご主人様？」

様子がおかしいオリヴィアに気付き、カイルは素早く近付いてくると熱を確認する。

オリヴィアの額に手を当てると、思ったよりも熱はなかったのか安心していた。

「微熱みたいですね。食事もせずに勉強ばかりするからですよ」

「ごめんね」

「理由を説明して軽食を用意してもらいましょうか？　それなら、お金もかかりませんし」

カイルはオリヴィアの懐事情をよく理解していた。

そのため、お金のかからない方法を提案してくる。

だが、オリヴィアは食事をする気分にはなれなかった。

「このまま少し眠るわ。誰か来ても寝ているって伝えて――」

途中で目を閉じて眠ってしまうオリヴィアを見て、カイルは小さくため息を吐いた。

「しょうがないご主人様ですね」

◇

船内二日目の朝。

生徒たちの朝食は、船内にあるレストランに用意されていた。

朝から豪華な朝食が振る舞われ、レストラン内では生演奏まで行われている。

マリエとしては是非ともレストランで優雅な朝食をとりたかったのだが、残念ながら問題児たちの世話があった。

シンシアが使用している個室の前で、マリエは朝から大声を出してドアを乱暴に叩いていた。

「シンシアァァァ！　早く起きないと朝食の時間が終わっちゃうわよ！　私は優雅に朝食をとって豪華客船の旅を楽しみたいの！　お願いだから起きて！」

ドンドン！　ドンドンドンドン!!　何度も乱暴に叩き、大声を出すのだが、シンシアが起きる気配はなかった。

マリエは額に青筋を立てる。

「開けろごらぁぁぁ!!」

反応のないシンシアに怒鳴り声を上げるが、まったく効果がないようだ。

マリエの後ろに控えていた本を抱き締めている小柄な女子――エリーがオドオドしていた。

「マ、マリエちゃん、シンシアちゃんは起きないね」

臆病なエリーとは対照的に、スケッチブックを持ったベティは興味がなさそうに欠伸をしていた。

昨晩も夜遅くまで絵を描いていたようだ。

「朝食とかとらなくてもよくない？」

朝が弱いのか、シンシアは面倒そうにしている。

マリエは二人を振り返った。

「あんたら三人が、昨日のお昼からずっと部屋に引きこもっているからでしょうが！　教師連中が、私に様子を見てこいって五月蠅いのよ！」

問題児三人の世話を押し付けられたマリエだが、不満そうにしながらもしっかり面倒を見ていた。

「私だって優雅な船旅を満喫したいのよ！　それなのに、あんたらが揃いも揃って引きこもるから！」

このままだと朝食の時間が終わってしまうため、マリエはドアノブをガチャガチャと動かし始める。

「起きなさい、シンシア！　お願いだから起きて！　私はレストランでオムレツが食べたいのよぉぉぉ!!」

泣きそうなマリエの背中を見て、エリーとベティは顔を見合わせて肩をすくめた。

「マリエちゃん、一人で食べればいいのにね」

「面倒見がいいから、教師たちに体(てい)よくこき使われるのよ」

朝から声を張り上げ、体を動かしたマリエは肩で呼吸をし始める。

振り返ると、そこではエリーが床に座って読書を始めていた。

「何で本を読んでいるの、エリー？」

「え？　だ、だって、シンシアちゃんは出てこないし」

エリーの答えに、マリエは泣きたくなってくる。

「床に座り込んで読まない！　それから、朝食に向かうのに本を持ち込まないの！」

「え!?」

本を持ち込んではいけないと言われ、エリーは本気で驚愕した顔をしていた。

更に、問題はベティだ。

「ベティもスケッチを始めないで！　ほら、手が汚れているじゃない」

絵を描き始めたベティの手が汚れていたので注意すれば、本人はどうでもいいという態度だった。

「別に汚れていても食事はできるし」

「駄目に決まっているでしょ！　あんたも一応は貴族の娘でしょうが！」

汚れた手で食事をしても気にしないというベティに、マリエは少しでいいからマナーや立場を考えてほしいと伝えた。

だが、ベティは小さくため息を吐く。

「そういうの嫌い」

「あぁぁぁあああぁぁぁああ!!」

部屋から出てこないシンシア。

本を読み始めるエリー。

絵を描き出すベティ。

朝から豪華客船の廊下に、マリエの絶叫が響き渡った。

（どうして私の周りにいる子たちは、こんなに問題児なのよ!?）

こんな個性的な彼女たちだが、この世界の男性——特に学園の男子生徒たちからは大人気だ。

元の世界では性格に難あり、と判断されてもおかしくないのに、だ。

マリエは再び、ドアを叩き始める。

「起きろぉぉぉ！　朝食の時間が終わっちゃうでしょうがぁぁぁ！」

朝から騒がしいマリエたち。

シンシアの部屋のドアは開かなかったが、代わりに隣の部屋のドアが開いた。

顔を出したのはエルフの金髪美少年だ。

マリエのドアを叩く手が止まり、その美少年——カイルを凝視する。

（カイルがここにいるってことは、もしかして隣がオリヴィアの部屋だったの？）

顔を出したカイルは、面倒そうな顔をしながら言う。

「朝から元気で羨ましい限りですよ。ですが、僕のご主人様は、朝から体調が優れません。静かにして頂けると助かるのですが？」

柔らかい言葉の中に、嫌みが込められていた。

マリエは視線をさまよわせた。

（確かに騒ぎすぎたわね。全員が朝食に出たから、人がいないと思って油断していたわ）

マリエはわざとらしく咳払いをしてから、カイルに謝罪する。

「ご、ごめんなさいね！　友人が出てこないから焦っていたの」

専属使用人であるカイルを相手に、マリエが下手に出たのはオリヴィアが原因だ。

今でこそ平民という立場だが、あの乙女ゲーでは覚醒して聖女になる女性だ。

ホルファート王国で聖女というのは特別な存在だ。

ユリウス――王太子殿下との結婚が許されるほどに、その立場は重要視されている。

いずれは王妃。王妃にならずとも、貴公子たちと結婚すれば、マリエから見れば雲の上の存在となる。

将来的に目上の人になることが確定しているため、マリエに染みついた処世術が下手に出させた。

不機嫌そうなカイルだったが、マリエの態度に気をよくしたようだ。

「鍵でも借りてきたらどうですか？」

「そうね。そうするわ。二人とも、鍵を借りに行きましょう」

マリエはエリーとベティの二人を連れて、この場を去っていく。

(カイルと初めて会話したけど、思っていた以上に生意気だったわね。あの乙女ゲーでもこんな感じだったかしら？)

想像していたのは少し生意気だが可愛い弟、というものだったが、カイルとの会話でイメージが崩れて生意気な子供という印象になった。

マリエたちが去った後。

カイルは貴族の女子生徒が、自分に対して下手に出たことに気をよくしていた。

「ご主人様はともかく、後ろ盾は王太子殿下や貴公子の皆さんだ。そりゃあ、怖がって下手に出るしかないよね」

カイルは子供ではあっても、頭は悪くない。

オリヴィアの立場を考慮すれば、女子生徒が自分にまで下手に出るのは不自然ではないと気付いていた。

「今度のご主人様は大当たりかな。これは、全力で支えないといけないね」

子供ながらに頭の回るカイルは、今の主人に尽くせば自分もいい目が見られると思い至った。

「――ん？」

マリエたちが去った後、入れ替わるように女子二人が専属使用人たちを連れて現われた。

カイルに気が付くと、嫌らしい笑みを浮かべる。

(面倒な人たちが来たな)

この手の女子生徒は面倒であると、カイルも気が付いていた。

女子とはダリーとドナである。

「平民の専属使用人よね？　面倒だけど呼び出してくれる？」

いきなり主人を呼び出せと言うダリーに、カイルは辟易した。

ドナは手をワキワキさせてカイルに言う。

「昨日から部屋から出てこない、ってドナ知ってるよ。心配だから様子を見に来たんだよね。だから、早く連れてこいよ」

上から目線と態度の二人に、カイルは先程の女子生徒たちを思い出していた。

(この人たちは立場を理解していないのかな？　これなら、さっきの人たちの方がいくらかマシだったよ)

二人の前で、カイルは深いため息を吐いた。

その様子を見ていてダリーとドナの専属使用人たちが、目を見開いて焦っていた。

「おい、お嬢様たちの前でその態度はないだろ」

「お前は教育を受けていないのか？」

怒るというよりも、心配しているという態度だった。

同じ専属使用人という立場で考えると、カイルの態度があり得なかったのだろう。

専属使用人たちにとって、学園における女子生徒とは気を遣うべき人たちだ。

姫のように扱い、無礼があってはならないと教え込まれる。

だが、男子生徒は別だ。

普段は態度に出さないだけで、ほとんどの専属使用人たちが心の中で蔑んでいた。

カイルの態度は、専属使用人たちが男子に向けるようなものだった。

「少しは頭を使って考えるべきだと思いますけどね？」

ダリーとドナの二人が、カイルを前に目を見開いた。

「何ですって？」

「あれれ？　ドナ、この子がドナたちを馬鹿にしているように聞こえたよ？　聞き間違いじゃないよね？」

ドナが低い声を出して威圧してくるが、カイルは怯えなかった。

（脅しのつもりかな？　僕のご主人様が誰のお気に入りかちゃんと考えていないから、そんな態度が取れるんだろうね）

二人を前にカイルは鼻で笑った。

ダリーとドナの専属使用人たちは、顔を青ざめさせる。

すぐにカイルを取り押さえようと動いていた。

だが、カイルの方が早かった。

「僕のご主人様はユリウス殿下のお気に入りですよ。ユリウス殿下だけじゃありませんけどね。それを理解されていますか？」

二人の専属使用人たちが動きを止めて、自分たちの主人を見た。

ダリーとドナは、先程までとは違って悔しそうに押し黙っている。

カイルはしてやったりと思い、そのまま続ける。

「程度の低いいじめとか止めてほしいですね。そうしないと、僕も殿下たちに色々と報告しなければなりませんから」

言外に「手を出せばユリウス殿下たちが黙っていないぞ」と伝えていた。

ダリーが振り返って歩き出す。

「——本当に面倒だわ」

そんなダリーを見て、ドナが慌てて追いかけた。

「待ってよ、ダリー！」

二人を追いかけるように、専属使用人たちも去っていく。

四人を見送ったカイルは、勝ち誇ったような笑みを浮かべていた。

「殿下たちの名前を出せばこんなにも簡単に片付くのに。どうして、ご主人様はこの程度のことが思い付かないのやら」

ヤレヤレ、と頭を振るカイルは——狡賢いだけだった。

この行動が何を引き起こすのか、それを予想できなかった。

第09話「自尊心」

「朝食をとり損なったから売店で買い食いかよ」

「五月蠅いわね！　シンシアが起きてくれなかったのよぉぉぉ!!」

船内にあるラウンジにて、マリエは面倒を見ている三人を連れて食事をしていた。

本人は優雅に朝食をとりたかったらしいのだが、時間に間に合わなかった。

売店で食べ物を購入し、景色のいいこの場所で食事をしていた。

サンドイッチを食べ終えたシンシアさんが、テーブルに突っ伏して寝始める。

「もうお腹いっぱい。お昼になったら起こして～」

「シンシア、駄目！　起きないと駄目！」

シンシアさんの頭をペチペチ叩くマリエの近くの席では、エリーさんが分厚い本を読んでいた。

時折、コーヒーとサンドイッチに手を伸ばしているが、食事の速度は遅い。

スケッチブックを持っているベティさんは、サンドイッチをスケッチの題材にしていた。

「みんな自由すぎ」

ケラケラ笑って見ていると、マリエが俺に泣きついてくる。

「笑っている場合じゃないでしょ！　少しはリオンもこの子たちを叱ってよ！」

「呼れと言われても、俺たちからすると欠点でもないし」

「何でよ!?」

理解できていないマリエに、俺は小さくため息を吐いてから答える。

「二人とも駄目な部分はあるかもしれない。だが、俺たち貧乏男爵家グループからすれば、魅力的な女神たちだ。ほら、あっちを見ろ」

マリエの視線を誘導してやると、俺と同じグループに所属する男子たちがこちらを凝視していた。

他にもこちらを注視している男子たちがいる。

皆、羨ましそうに俺たちを見ていた。

マリエは状況が理解できず首をひねる。

「この子たちが大人気って意味がわからないわ。それなら、どうして私は不人気だったのよ?」

「お前の場合は実家の借金が原因かな」

「どうして誰も私個人を見てくれないのよ!」

一年生の一学期、マリエは男子生徒たちに不人気だった。

玉の輿狙いで女子たちに嫌われたマリエにアプローチすれば、他の女子から嫌われてしまうからだ。

だが、一番の理由は実家であるラーファン家に莫大な借金があったから。

この世界の結婚とは家同士を繋ぐという意味合いが強い。

マリエと結ばれるということは、その莫大な借金も受け入れるという意味に等しい。

誰だって躊躇う。

マリエと無駄話をしていると、知り合いが声をかけてきた。

「リオン君、ちょっといいかな？」

糸目が特徴的なルクル先輩だった。

呼び出された先は、ビリヤード台などが置かれた遊技場だ。

賭け事をせずに遊べるものが揃っているが、人気がないのか生徒の数は少ない。

そんな場所で、俺は同じグループの男子たちに囲まれていた。

先頭に立つのはルクル先輩だ。

「リオン君、この通りだ！　シンシアさんたちと一緒に話す機会を作ってほしい！」

男子たちが、一斉に頭を下げて頼み込んでくる。

婚活に必死な仲間たちの気持ちは、俺だって理解しているつもりだ。

マリエと婚約して一抜けした俺には、お仲間たちが苦しんでいる姿は見ていられない。

だが！

「そう言われて、何度も場を用意したのに決闘ばかりするから呆れられたんですよ」

ルクル先輩たちは、学食のプリンをマリエに献上することで合コンを何度もセッティングしてもらっていた。

それなのに、合コンを開く度に争いが起きる。

誰が誰に話しかけるのか——その程度のことで、武器を持ち出して決闘騒ぎだ。

必死すぎて空回りした、というレベルの話ではない。

ルクル先輩たちも反省はしているらしい。

「だって、あんな女神たちと知り合える機会なんて奇跡だよ！」

「それは同意しますけど、毎度のように血生臭い合コンは誰だって嫌がりますよ」

「そうだね。今度は合コンの前に数を減らしておくよ」

平然と怖い台詞を口にするルクル先輩だったが、その後ろの仲間たちも同意していた。

普段は虐げられているので忘れられがちだが、こいつらも立派な領主貴族の出だ。

血生臭い話には慣れているのだろう。

こいつら本気で仲間同士で潰し合いを始めそうだな。

「そういうの、マリエが嫌がると思いますけど？」

「しょうがないだろ！　グループ分けで男子の人数が減った今がチャンスなんだよ！　リオン君——僕たちは本気だよ」

「本気を出すのは合コンであって、喧嘩に本気を出したら駄目ですよ」

「正論なんて聞きたくないんだよ！　君はマリエさんと婚約したからそんなことが言えるんだ。僕たちにとっては、これがラストチャンスなんだよ」

涙を流すルクル先輩たちを前に、俺は深いため息を吐いた。

同じグループの男子たちが、血の気が多すぎて困る。

どうするか悩んでいると、ディアドリー先輩がこの場に女子生徒たちを引き連れて優雅に現われた。

「男子が簡単に泣くものではなくてよ」

現われた豪華な女子生徒に、同じグループの男子たちが姿勢を正した。

ルクル先輩は三年生なので、ディアドリー先輩とも顔見知りらしい。

「ディアドリーさん!? ど、どどど、どうしてこんな場所に？」

問われたディアドリー先輩は、気まぐれで立ち寄ったのだろうが——俺を一瞥してからニッコリと微笑みながら答える。

「可愛い弟分を訪ねてきましたの。何か困っているように見えたのだけれど？」

俺を困らせていたルクル先輩たちが、視線をさまよわせ冷や汗をかいていた。

「そそ、それはそうですね！　では、僕たちはこれで」

俺を残して逃げ去っていくルクル先輩たち。

女子が相手となると本当に弱いな。——俺も含めてだけど。

今の俺はディアドリー先輩は親戚と言えるだろうが、それはニックスを通しての関係に過ぎない。

俺との間に深い縁があるとは思えなかった。

「あ～あ、みんなに置いていかれちゃった」

わざとらしく悲しんだふりをすると、ディアドリー先輩が俺を見て楽しそうにクスクスと笑っていた。

「あら可哀想に。慰めてあげましょうか？」

「結構です」

「それは残念ですわね」

そう言って、ディアドリー先輩は取り巻き？　を連れて部屋を出ていく。

本当に何をしに来たのだろうか？

◇

部屋を出たディアドリーに、事情を詳しく知らない取り巻きの一人が話しかけてくる。

「ディアドリー様、先程の男子が？」

言葉を濁した取り巻きに、ディアドリーは扇子を開いて口を隠してから言う。

「そうよ。名のある空賊団に打撃を与えて、オフリー家に一番乗りした騎士よ。わたくしとしましては、冒険者としての活躍の方が好みですけどね」

「そ、そうですか。そうなると、ディアドリー様とも遠い縁戚になりますね」

リオンを高く評価するディアドリーに、取り巻きたちも困り顔だ。

何しろ、リオンとローズブレイド家の縁は、ニックスを通してのか細いものだ。

リオン自身は将来的に独立することが確定している身分である。

ニックスも、バルトファルト家、ローズブレイド家の双方が用意したバルトファルト子爵家の初代当主になるのが決定している。

家同士の繋がりを考えると、少しばかり縁が薄い。

それでも、ディアドリーにしてみれば可愛い弟分だ。

「わたくしは個人的に高く評価しているの。婚約したのが残念でなりませんわね」

小さくため息を吐くディアドリーの言葉に、取り巻きたちはどこまで本気なのか推し量れずに困っていた。

ディアドリーは冗談だと言おうとしたが、その前に目に入った者たちがいた。

(あら？　この前の二人組ですわね。ダリーとドナ――また面倒な子たちが何を企んでいるのやら)

二人は何やら興奮気味にあれこれ話していた。

随分とご機嫌斜めの様子に、これは荒れるだろうとディアドリーは予想する。

(レッドグレイブ派の重鎮たちの娘が、二人揃ってあそこまで怒るとは気になりますわね。後で調べさせておきましょうか)

◇

「腹立つ！　ドナ、無茶苦茶腹立つよ！　何なのよ、あの専属使用人!!」

両手で髪をかき乱すドナの横では、ダリーが眉間に皺を寄せていた。

「本当に面倒くさい。ユリウス殿下の名前を出すなんてさ」

面倒とは言いながらも、ダリーもカイルの言動には腸が煮えくりかえる思いだった。

朝から苛々してしょうがない二人の側には、他の女子生徒たちは近付かない。

宮廷貴族の子爵家――しかも、レッドグレイブ派閥の重鎮の娘たちだ。

下手に関わって面倒に巻き込まれるのを恐れたのだろう。

そんな二人でも、ユリウスの名前を出されれば引き下がるしかなかった。

頭では理解しているのだ。

ユリウスのお気に入りであるオリヴィアに、ちょっかいを出しても利益はない、と。

だが、カイルの言動に二人は自尊心を深く傷付けられていた。

わがままに育った二人からすれば、引き下がるしかなかった状況も不本意でしかない。

気晴らしに船内を散策してみても、一向に気は晴れなかった。

「こうなったら、他の奴で気晴らしをする？　ドナ、男子をいじめて遊びたい」

苛々しているドナの言葉に、ダリーが賛同しようか悩んでいると声が聞こえた。

それは、今朝自分たちを辱めたカイルの声だ。

「本当だよ。すごすごと逃げ帰ったんだ」

散策をしていた二人が偶然通りかかったのが、専属使用人たちが使用しているラウンジだった。

亜人種たちが休憩時間に使用している場所であるため、そこにはカイル以外の専属使用人たちもいた。

彼らはカイルをもてはやしている。

「王太子殿下の後ろ盾は強いな」

「これは俺たちもカイルに媚びを売るべきか？」

「いい主人を引き当てたな、カイル」

専属使用人同士――内輪の話をしているようだったが、ダリーとドナは血走った目を限界まで見開いていた。

カイルは二人に気が付いていないらしい。

「もう少し立場を理解してほしいよね。ユリウス殿下のお気に入りである僕のご主人様に楯突くなんてさ。身の程を弁えてもらわないと」

無表情のドナが、ダリーに顔を向けた。

「あれ、どう考えてもドナたちの話だよね？　身の程を弁えろってどういう意味かな？　ドナ、馬鹿だからわかんなーい」

言葉だけはわざとらしくおどけているが、ドナもダリーも無表情だった。

ダリーは言う。

「――潰す。面倒だから見逃してやるつもりだったけど、徹底的に潰してやる。生意気なエルフのガキ共々、叩き落としてやるわ」

ユリウスの名前を出され、渋々と引き下がった二人はすぐに我慢の限界を迎えた。

踵を返す二人。

専属使用人たちの声がするも、もう二人には聞こえていなかった。

「それで、逃げ帰った女子生徒って誰なんだよ？」

「専属使用人も持てない連中だよ。確か——一人はマリエ、って呼ばれていたね」

夕方に目を覚ましたオリヴィアは、まだ体に怠さが残っていた。

多少は熱も下がったが、油断できないと思っていたところで——カイルからオリヴィアが眠っている間に何があったのかを聞かされた。

訪ねてきた女子生徒たちを追い返してしまった、と。

それだけならば、体調不良で自分が寝込んでいたので当然の話だ。

問題なのはカイルのやり方だ。

「ユリウス殿下の名前を使ったの!?」

焦って大声を出すオリヴィアに、カイルは自慢気に語る。

「おかげで簡単に引き下がってくれましたよ」

悪びれる様子もないカイルに、オリヴィアは下がりかけていた熱がまた上がったような気がした。

「どうしてユリウス殿下の名前を出したの？」

責められたカイルは、ムッとした表情をしていた。

怒られる謂れはないと思ったのだろう。

「ご主人様がユリウス殿下のお気に入りなのは事実ですよね？」

確かにユリウスたちの名前を出せば、大抵の生徒たちは引き下がってくれるだろう。

だが、オリヴィアはそれを好ましいとは思えなかった。

「二度とユリウス殿下たちの名前を使わないで！　相手は貴族なのよ。怒らせたら大変なのよ」

ユリウスたちの名を出すのは簡単だが、相手は貴族である。

少し前には、オフリー家とラーファン家の家名が地図上から消されたばかりだ。

武力を持ち、行使することが可能な存在に、何も持たない自分が安易に逆らうのは危険だとオリヴィアは考えている。

ただでさえ、自分は学園に受け入れてもらっていないのだ。

そんな自分がユリウスの名前を使ったと知られれば――。

オリヴィアの脳裏に、アンジェリカの姿が浮かんだ。

(怖い。私は貴族様たちが怖いよ)

――ユリウスの婚約者であるアンジェリカが、黙っているとは思えない。

それなのに、カイルがユリウスの名前を使ってしまった。

その意味をカイルは深く考えていないようだ。

「ユリウス殿下たちに相談すればいいんですよ。有象無象が邪魔をしてくれるから助けてほしい、って。それだけで問題は解決するのに、何を躊躇うんですか？」

ユリウスに現状を相談し、問題が更に大きくなるのを想像してオリヴィアはゾッとした。

「それだけは絶対に駄目！」

声を張り上げるとオリヴィアに、カイルが驚いて唖然とした。

「ご、ごめんなさい。カイル君、お水を持ってきてもらえるかな？」

頼まれたカイルは、どこか納得していない顔で返事をする。

「――はい」

普段は仕事のできる賢いカイルだが、口の悪さと相手を馬鹿にした態度が目立つ。

まだ幼いため仕方がない部分もあるし、年齢を考えれば立派な方だろう。

だが、今回の失敗は取り返しが付くかどうか。

「ユリウス殿下の名前を使ったから、きっとアンジェリカ様に伝わる。このままだと、私の故郷が消される」

伯爵家や男爵家でも地図上から貴族の名前を消せるのだから、公爵令嬢ならばどれほどの力を持っているのだろうか？

オリヴィアには予想も付かないが、故郷が焼かれる様子を想像して涙が出てくる。

「話し相手ができれば楽になるて思うたとに」

オリヴィアが欲しかったのは使用人ではない。

孤立気味の学園で、話し合える友人が欲しかっただけだ。

それなのに、カイルは自分の立場を最大限利用しないオリヴィアに苛立っていた。

何度言っても自分の気持ちを理解してくれない。

「これなら一人の方がよかった」

カイルと契約を交わしたことを、今になって後悔する。

再び熱を出したオリヴィアは、横になると目を閉じて涙を流した。

「うちゃ勉強がしたかっただけなんに」

机の上には本や教科書、それにノートが昨日のまま置かれている。

すぐにでも勉強に取りかかりたいのに、体が言うことを聞いてくれない。

精神的にも追い詰められ、本を読んでも何も頭に入ってこない。

「父さん、母さん――ごめんね」

不甲斐ない自分が情けなくなった。

すると、ドアが乱暴に何度も叩かれた。

驚いて飛び起きたオリヴィアは、相手はカイルではないと気付いていた。

(朝に来た女子たちかな?)

怖がりながらもドアを開ける。

「何でしょうか?」

そこにいたのは、真顔のダリーとドナだった。

後ろには専属使用人たちも控えているのだが、妙に威圧的に見えた。

最初に口を開いたのはダリーだ。

「生意気で面倒なガキはいないみたいね？　まぁ、いいわ。一緒に遊びましょうよ？」

遊ぼうと言っても、言葉通りの意味ではないとオリヴィアも気付いていた。

オリヴィアはダリーから視線を逸らして、ドアを閉めようとする。

「——今日は気分が悪いので、遠慮させてもらいます」

だが、ドナが閉まるドアに足をかけて邪魔をする。

「せっかくドナたちが誘っているのに意味わかんな〜い。——あんたはこのままついてくればいいんだよ」

ドナに腕を掴まれたオリヴィアは、熱もあってろくに抵抗もできずに部屋から引っ張り出されてしまった。

ダリーがオリヴィアに顔を近付けてきた。

「この豪華客船にカジノがあるのよ。せっかくだから、あんたにはギャンブルを教えてあげるわ」

嫌らしい笑みを浮かべるダリーとドナに、オリヴィアは怖くて抵抗できなかった。

熱っぽい頭では思考がまとまらず、されるがままだ。

(私はどうしたらいいの——誰か助けてよ)

第10話「カジノ」

夕食を終えた俺は、ルクシオンと二人で豪華客船のデッキから景色を眺めていた。

「やっぱり夜は冷えるな」

目的地の季節は夏ということだが、風が強く吹くデッキの上は体感温度が低い。

身震いしていると、ルクシオンが俺の行動に呆れていた。

『温かい恰好をしてください。風邪を引いてしまいますよ』

「少し熱を下げたいから丁度いいんだよ」

『熱？　現在のマスターは平熱を維持していますが？』

「そういう意味じゃないよ」

豪華客船内は暖房が効いているのでどこにいても暖かい。

それとは別に、生徒たちの浮かれたような雰囲気というか――そういう熱を感じて仕方がない。

ルクル先輩たちは、ライバルがいない間に女子たちと距離を縮めようと必死だ。

熱という名の気迫？　鬼気迫る彼らの熱に当てられた俺は、外に出て体を冷やしたかった。

「それより、準備の方は順調か？」

曖昧に話を振ると、ルクシオンは珍しく察しがよかった。

『準備は完了しております。あとは、マスター次第ですね』

「はぁ〜、今から緊張する」

『私からは頑張れ、と応援するしかありませんね』

「だよな。これればかりは仕方ないよな」

諦めて大きなため息を吐く俺は、気持ちを切り替えて違う話を振る。

「それより、オリヴィアさんをずっと見かけないのが気になるな。体調不良で引きこもっているって話だけど、ちょっと心配だ」

『マリエがいるのに、胸の大きな女性を気にかけるのですね』

「馬鹿、そういう話じゃないだろ」

何でもかんでも恋愛に結びつけるのは、マリエの受け売りだろうか？

ルクシオンに余計なことを教えてくれたものだ。

「孤立無援の状況で修学旅行だなんて、俺は同情するって話だ」

『同情ですか。それでは、マスターが助けるのですか？』

「問題はそこだ。俺は可能な限り関わらない方がいいと思っているから、助けたくても助けられないんだよ」

あの乙女ゲーのシナリオを破壊してしまった俺だが、それでも主人公様たちとお近づきになりたいとは思えないね。

余計なことをして、これ以上シナリオがおかしくなるのは勘弁だ。

「モブの俺たちが関わってもろくなことにならない気がするし。あ～あ、何で攻略対象が一人も乗り込んでいないんだろうな？」

本来ならば、誰か一人くらい乗っていてもおかしくないはずなのに。

疑問に思っている俺に、ルクシオンが淡々と答える。

『マスターたちはゲームを中心に考えていますが、私に言わせれば当然の帰結ですね』

「何でさ？」

『実質的にマスターとローズブレイド家が、国内の領主貴族を二つも討伐しましたからね。王国の貴族たちは今後の話し合いで忙しいのでしょう。王国内の情報を集めましたが、どうやらユリウスたちは大人たちと話し合いに参加しているようです』

「え、俺たちのせい？」

『――はい』

まさか俺たちの行動が、ここまで影響を及ぼすとは思っていなかった。

「ユリウス殿下たちには悪いことをしたかな？」

『ユリウスは王太子であり、将来は国を背負う立場です。マスターが謝罪する必要はありません。むしろ、ユリウスにとっては義務ですよ』

俺たちのせいで修学旅行に参加できないユリウス殿下たちに、ルクシオンは義務だからと同情しようともしなかった。

「お前、ユリウス殿下には冷たくない？」

『当たり前の話をしただけです。そもそも、私はユリウスたちに興味がありませんからね。むしろ、私の最大の関心は、マスターとマリエの今後についてです。マスター、どうして告白を失敗し続けたのですか？　恋愛に関して奥手だとは思っていましたが、もしや精神的に問題を抱えているのですか？　私がカウンセリングをしましょうか？』

「急に優しくするなよ！　お前が優しいと、何かゾワゾワする!?」

普段は皮肉や嫌みしか口にしないルクシオンが、告白に関しては本気で心配する素振りを見せてきた。

新手の嫌がらせだろうか？

「はぁ、もう色々と冷めたから部屋に戻るぞ」

俺とルクシオンは船内に戻る。

すると、ルクシオンが赤いレンズを何度か光らせた。

『――マリエがマスターを捜索しています。どうやら、緊急事態のようですよ』

◇

「急いで！」

「何でこんなイレギュラーばかり起きるかな！」

マリエと合流して駆け込んだ先は、豪華客船に用意されたカジノだった。

修学旅行に向かう生徒たちが利用するには、あまり好ましくない施設だろう。

だが、この世界では合法だ。

実際に多くの生徒たちが利用して遊んでいるし、中には手持ちのお金を使い切ってしまった馬鹿野郎もいた。

俺たちは人集りができている場所を見つけ、そこで何が行われているのかを確認して頬を引きつらせた。

「――嘘だろ」

そこではトランプを使ったギャンブルが行われているのだが、参加しているのはまさかのオリヴィアさんだった。

マリエが同じ卓にいる二人の名前を俺に教えてくる。

「ダリーとドナがオリヴィアを強引に誘ったらしいのよ」

オリヴィアさんを相手にギャンブルをする二人だが、その顔はニヤニヤと笑っていた。

卓の上にあるチップを見れば、二人が勝っているのは一目瞭然だ。

しかし、俺は場を支配する異様な雰囲気を感じていた。

二人に対して嫌悪感がわいた。

「イカサマか」

姿を消しているルクシオンが、俺の呟きを拾って返事をする。

『はい。オリヴィアの相手側がイカサマをしています』

オリヴィアさんが一方的に負け続けていた。

ダリーが笑いながら大きな声で勝利を喜ぶ。

「面倒だけどまた勝っちゃった。――あんた、本当に弱すぎ」

ドナがギザギザの歯を見せながらニシシッと笑っていた。

「あ〜あ、チップがなくなっちゃった。――これで借金はいくらになったのかな？　ドナ、数えていないから教えてよ〜？」

ドナの話を聞いて、チップをどうやって用意したのかすぐに察しが付いた。

マリエが苦々しい表情で言う。

「あいつら、オリヴィアに借金をさせてチップを用意させたのよ」

「――そこまでするのかよ」

ダリーとドナたちにしてみれば、大した賭け金ではないのだろう。

だが、オリヴィアさんにとっては別だ。

庶民であるオリヴィアさんからすれば、莫大な借金を作らされたようなものである。

オリヴィアさんの顔色が悪い。

青ざめ、呼吸が乱れ、そして目の焦点が合っていない。

体調不良だけではなく、この状況に精神が限界まで追い込まれていた。

見ていて痛々しい。

マリエが俺の袖を指先で掴み、何度か引っ張ってくる。

「どうするの？」

このまま放置するのか？　というマリエの問い掛けに、俺はすぐに答えられなかった。

先程、ルクシオンとの会話でオリヴィアさんたちには可能な限り関わらないと再確認したばかりだ。

それなのに、この状況はどうだ？

本来ならば助けに来るはずの攻略対象の男子たちは、別グループに配置されているか、もしくは修学旅行自体不参加だ。

この場にオリヴィアさんを助ける存在がいない。

俺と同じくマリエも焦っていた。

「このままだと、オリヴィアは破産するわよ」

どれだけ賭けさせられたのか知らないが、きっとオリヴィアさんには支払うのが難しい金額だろう。

オリヴィアさんが、涙を流しながら相手に許しを請う。

「もう許してください。こんな大金——私には返せません」

涙声の懇願を聞いたダリーとドナの二人から、先程までの笑みが消えた。

ドナがオリヴィアさんの髪を掴んで、頭部を卓に押し付けた。

「返せません、じゃないでしょ。必ず払うんだよ！　あんたが借金して用意したチップで賭けたんでしょ？　ドナ、何か間違ったこと言ったかな？」

イカサマをしておいて、更に無理矢理借金をさせてこの台詞だ。

俺はつい、口から本音がこぼれてしまう。

「最低だな」

視線を周囲に向ければ、ダリーとドナの行動に賛同しているかのように笑っている生徒たちの姿が多かった。

「いい気味よ」

「王太子殿下の名前を使って調子に乗るのが悪いのよ」

「平民が粋がるから」

助ける者はいなかった。

ダリーとドナの行きすぎた行動を不快に思っている生徒もいるが、誰もオリヴィアさんを助けようとはしない。

それも当然だ。

ここにいる連中には、オリヴィアさんを助けても得られる利益がない。

ユリウス殿下たちのお気に入りだとは知っていても、「殿下たちの気の迷い」あるいは「ただの遊び相手」という認識だろう。

そんな相手を助けるために、レッドグレイブ派閥の重鎮である父を持つダリーとドナを敵に回そうとは思わない。

あの乙女ゲーの事情を知らなければ、俺も助けなかったはずだ。

遠巻きに見て「可哀想に」と呟くモブ役に過ぎなかっただろう。

自分が損をしてまで助ける優しさなんて俺にはないのだから。

この騒ぎをどこかで聞きつけたのか、少年がやって来る。

「何をしているんですか！」

声を張り上げた少年に周囲の視線が集まった。

現われたのはカイルだった。

貴族の生徒たちに囲まれても堂々としていた。

そのままオリヴィアさんに近付くと、その腕を掴んで強引にこの場から連れ去ろうとする。

「行きますよ、ご主人様」

答えないオリヴィアさんを、それでも連れていこうとすると――カイルの行動を不快に思ったのか、ダリーが怒りに任せて卓に拳を叩き付けた。

「おい？　誰が席を離れていいって言ったよ？　面倒なことをしないでよね」

威圧するダリーに、カイルは僅かに怯えていたが強がる。

そして――カイルは事態を悪化させてしまう。

不用意に使ってはならない名を出してしまう。

「そっちこそ理解しているの？　ご主人様が誰のお気に入りか忘れたんじゃないよね？　この話を聞いたら、ユリウス殿下が黙っていないよ」

ユリウス殿下の名前が出たことに、周囲は一時騒然となった。

マリエが俺の横で胸をなで下ろしていた。

「これで終わりそうね」

だが、俺はダリーとドナの表情を見て、終わらないという確信があった。

「火に油を注いだだけだ」

カイルはもっと賢いキャラクターだと思っていたのだが、期待外れだった。

ドナが口を三日月のように広げて笑う。

「――その女がギャンブルをして負けただけだよね？」

何を言い出すのか？　カイルはそんな顔をしていた。

カイルは気付くべきだった。

後ろ盾になるユリウスたちが、この場にいないという事実に。

「は？　誰があんたの言い分なんか信じるんだよ？」

「信じるでしょ。だって――ここにいるみんなが証人になってくれるって、ドナは信じているから」

目をむいて周囲を見たカイルは、生徒たちが冷めた視線を向けていることに気付いたようだ。

自国の王子の名前を軽く扱われて、面白くないと思っている生徒が大半だった。

借りに王子を敬ってなくても、後ろ盾を利用して大きな態度に出る奴を好ましく思う者は少ないだろう。

驚いているカイルに、ダリーが優しく語りかける。

「ギャンブルに負けて泣きつくのはいいけどさ。それって特待生としてどうなの？」

『え？』

「面倒だから二度も言わせないでよね。――ギャンブルで借金を作るような奴が、学園の特待生として相応しいかって聞いているのよ？」

ユリウス殿下たちならば、事情を察して借金を払ってくれそうではある。

だが、ギャンブルで借金を作るオリヴィアさんが、学園の特待生に相応しいかと問われれば別だ。

マリエがダリーとドナの用意した罠に、ドン引きしていた。

「性格悪っ！」

それには俺も同意する。

カイルもここに来て、自分たちが罠にはめられたと気付いたのだろう。

ダリーが指を鳴らすと、二人の専属使用人たちがカイルをオリヴィアから引き離した。

力なく椅子に座るオリヴィアさんに、ダリーが提案する。

「もう面倒だから、いっそあんたの退学を賭けて勝負しようか」

「え？」

オリヴィアさんが顔を上げると、ドナはご機嫌な笑顔になっていた。

「それいいね！　消えてくれたら、ドナたちも最高！　――貴族でもないあんたなんかが学園に来てんじゃねーよ」

オリヴィアさんは俯くと、悲しそうに涙を流した。

ダリーはそんな姿を見てケラケラ笑っていた。

「退学になったからって、借金が消えると思わないでよ。負けた分はキッチリ回収するからね」

ドナがオリヴィアさんに顔を近付け、更に脅し始める。

「逃げたらドナたちは許さないよ。ドナたちの実家が必ず追いかけるから。——あんたの故郷まで追いかけて、家族にも責任を取らせるからね」

オリヴィアさんがポロポロと涙を流す。

「許してください。お願いですから、家族には——故郷には何もしないでください。お願いします」

頭を下げてお願いするオリヴィアさんに、ダリーとドナは顔を見合わせてから冷たい視線を向けた。

「面倒なことを言うわね。——あたしらを馬鹿にして許されると本気で思っていたの？」

「ドナたちを馬鹿にするっていうのはね、ドナたちの家も馬鹿にするって意味なんだよ。子爵家を虚仮にしてタダで済むと思うなよ！」

ドナの情緒が不安定すぎて怖いな。

ダリーがディーラーからカードを奪い、そのままオリヴィアさんに配る。

「あんたの専属使用人があたしらを馬鹿にした。これって、あんたの責任だからね。ちゃんと責任は取りなさいよ」

二人の言い分もわからなくはない。

カイルの雇い主はオリヴィアさんだ。

カイルが問題を起こせば、責任はオリヴィアさんにある。

秘書が勝手にやったこと、という言い訳は通用しない。

泣いているオリヴィアさんに、ダリーが冷たく言い放つ。

「続けるわよ。逃げられると思わないことね。この場に、あんたを助けてくれる人なんて誰もいないから」

周囲を見れば、オリヴィアさんに同情している生徒たちもいた。

それでも、助けようと行動を起こしはしない。

それが正解だ。

あの乙女ゲーを知らなければ、正しい判断だろう。

知っていたとしても、俺たちのように関わるのを恐れるケースもある。

下手に関わってシナリオを壊したくない。

ここから主人公が覚醒して、この問題を乗り越える可能性だってある。

今回の一件が、今後の成長に繋がるきっかけかもしれない。

可能性を考えればきりがない。

――それでも、と俺は我慢の限界を迎えていた。

「気に入らないな」

気付けば口が動いていた。

憎たらしいダリーとドナに、不機嫌な顔を向けていた。

あぁ、本当に俺という人間は馬鹿野郎である。

周囲が静寂に包まれ、俺という馬鹿野郎に視線が集まった。

突然会話に割り込んできた俺を、ダリーが睨んでいる。

「面倒だけど一度は聞いてあげる。――何て言ったのかしら？」

「気に入らないって言ったんだ。それから、勝手に人の意見を捏造するな。誰も助けない？　はっ！　オリヴィアさんの勝負は俺が引き継いでやるよ」

俺の提案にオリヴィアさんが顔を上げ、目を丸くしていた。

「ど、どうして？」

俺が助けると名乗り出たのが、信じられないといった顔だな。

マリエが俺の腕を掴む。

「ちょっと待ってよ。ギャンブルなんて駄目よ」

オリヴィアさんを助けるのは止めないのに、ギャンブルは止めるのかよ。

まぁ、こいつの前世を考えれば、ギャンブル嫌いになっても仕方がないだろう。

俺だってギャンブルは嫌いだ。

そう、ギャンブルならね。

「安心しろ。俺はギャンブルはしない男だ」

「え？　でもオリヴィアの代わりだって」

こいつは何を言っているんだ？　そんな顔をしているマリエに、俺は本心を語る。

「ギャンブルはしない。でも、勝てる勝負は大好きだ」

姿を消していたルクシオンが、俺の行動に呆れていた。

俺が何を求めているのか察してくれたようだ。

『イカサマより質が悪いですよ』

ルクシオンに手で指示を送ると、そのままどこかへと向かった。

野次馬を押しのけて卓に近付くと、ダリーとドナ、そしてカイルをどこかに連れていって戻ってきた二人の専属使用人たちが睨んでくる。

周囲も「空気を読めよ」と俺に険しい視線を向けていた。

オリヴィアさんの隣に立つ俺は、卓の上に置かれたトランプを手に取った。

「それにしても、イカサマなんてフェアじゃないな」

イカサマを指摘すると、ダリーとドナの視線が僅かに動いた。

二人は明らかに動揺を隠そうとしている。

ドナがギザギザの歯を見せて、威嚇してくる。

「はぁ？　代役なんてドナたち認めないから。そもそも、こいつの味方をするとか、あんた本当に貴族なの？」

イカサマを見抜かれたかもしれない、と少し焦ったダリーが、俺の参加を拒否するためにまくし立ててくる。

「目立ちたがり屋は引っ込んでいなさいよ。本当にあんたみたいな男子は面倒ね。そんなことをしたら、女子が振り向いてくれると思っているの？　その程度だから女子に人気がないのよ」

心に突き刺さる言葉だが、マリエとの婚約を済ませた俺には多少の効果しかない！

今なら女子に嫌われても数日寝込む程度のダメージで済む。

俺は横で俯いているオリヴィアさんに視線を向けた。

「こんな酷い勝負を見せられて、黙っていられなくなったんだよ。――それとも、俺と勝負するのが怖いのか？」

男子が女子を煽る。

その行為だけで、周囲は騒然となっていた。

特に男子たちだ。

「女子にあんな台詞を!?」

「何て強気な態度なんだ」

「勇者だ。勇者がいるぞ」

ダリーとドナの二人を見れば、明らかに激高していた。

男子から煽られるなんて滅多にない経験だからな。

特に学園の女子は沸点が低いから効果はてきめんだ。

「面倒くさい成り上がりが、調子に乗るんじゃないわよ。あたしらに相手をしてもらえると、本気で思っているの？」

ダリーの言う通り、俺は確かに成り上がり者だ。

だから、調子にだって乗らせてもらう。

既に婚活から解放された俺は無敵――もう、女子なんて少ししか怖くない！　いや、正直に言うと怖いけども、この場は強気の態度で攻めるのだ！

だって俺にはルクシオンがいるのだから！

「その成り上がりの相手から逃げる臆病者はどこのどいつだよ？」

ドナが歯ぎしりをし始める。

「一発屋の男爵が、ドナたちに偉そうにするなよ。あんたなんて、ドナのパパなら簡単に処分できるんだからね」

ドナと同様に、ダリーも実家の権力で俺を黙らせようとする。

「地方の男爵風情が、中央の宮廷貴族に勝てると思っているの？　本当に面倒な思考をしているわね。——潰すよ？」

貴族社会は何も武力だけが全てではない。

宮廷貴族たちは領主貴族たちに比べて武力を持たないが、それでもあの手この手で敵対者を潰してくる。

非常に厄介な連中だ。

さて、困ったと思っていると——カツカツとヒールの音が聞こえてきた。

妙に響くその足音に視線を向ければ、やって来たのは絢爛華麗なディアドリー先輩だった。

優雅に、そして堂々とご登場である。

「面白い話をしているじゃないの」

ディアドリー先輩の登場に、ダリーもドナも先程の態度が嘘りを潜めた。

視線をさまよわせて怯えている。

女子生徒内の格付けでは、ディアドリー先輩が二人の上になるのは間違いない。

それは二人も理解しているのだろう。

また——ディアドリー先輩の実家であるローズブレイド家は、レッドグレイブ派閥に所属していない。

実家の権力で押さえつけられない相手だ。

二人にとっても、安易に喧嘩を売っていい相手ではなかったようだ。

「ディアドリー先輩、こんな面倒な場所にどうして来られたんですか？」

笑みを浮かべながら相手をするダリーを無視して通り過ぎ、ディアドリー先輩が俺の隣にやって来た。

ディアドリー先輩が俺に身を寄せてから、肩に手を置く。

「可愛い弟分が面白いことをしているから見に来たのよ。それはそうと——家名を出してのイカサマ勝負が本当であれば情けない限りね」

「あん？」

貶されたと思ったのか、ダリーがディアドリー先輩を睨み付けた。

前々から思っていたのだが、あの乙女ゲーの学園って不良漫画の要素が強すぎると思うのは気のせいだろうか？

「事情は来る途中で聞いたわ。専属使用人が不用意な発言をしたそうね？　でも、これってやりすぎじゃないかしら？」

ディアドリー先輩が周囲に視線を巡らせると、ほとんどの生徒たちが顔を背けた。

上位者に咎められ、押し黙る生徒たちを見て思う。

――ディアドリー先輩凄ぇ！

ドナが震えながら、ディアドリー先輩に抗議する。

「ドナたちの勝負に口を挟まないでもらえます？　そもそも、勝手なことを言い出したのはそっちの男子なんですけど」

俺が悪いと言いたいのか？　まぁ、彼女たちの勝負に口を挟んだのは俺だ。

だが、オリヴィアさんはどうかな？

「オリヴィアさん、俺を代役に指名しなよ。退学どころか、借金もチャラにしてやるよ」

ダリーとドナの二人を説得するのを諦めた俺は、オリヴィアさんに頼み込む。

オリヴィアさんが、震えながら俺に問い掛けてくる。

「どうして――どうして助けてくれるんですか？　私なんかを助けても、何のメリットもないのに」

君があの乙女ゲーの主人公だから！　と説明できれば楽なのだろうが、この場で言うと混乱させると思ったので適当な理由を述べる。

「いじめっていうの？　こういうの嫌いなんだよね」

ダリーとドナの二人を睨むと、二人が顔を背けた。

オリヴィアさんが俯き、涙声で助けを求めてくる。

「どうか――お願いします。助けて――助けてください」

「後は俺に任せていいよ」

そう言ってオリヴィアさんを席から立たせると、ダリーが怒鳴ってくる。

「あたしらは認めてないよ！」

そんなダリーを黙らせるために、俺はマリエの方を見る。

マリエは大きくて重そうな袋を手に持っていた。

呆れた顔をして卓に近付いてきたので、袋を受け取りつつ礼を言う。

「ありがと」

「リオン、あんた本当に性格が悪いわよ」

受け取ったのは白金貨――この世界特有の魔力を宿して白く輝く金貨だ。

普通の金貨よりも価値が高いそれを、卓の上にぶちまけた。

積み上げられた白金貨を前に、ダリーとドナ――それに周囲も目の色を変えた。

「賭け金なら心配するな。俺は確かに冒険者として成功した一発屋だが、それなりに財産を持っているんでね」

白金貨の山を見て、ダリーとドナが欲をかいた。

イカサマだと見抜かれていても、その方法までは知られていないと思ったのだろう。

もしくは、自分たちのイカサマに自信があるのか。

ドナが笑っていた。

「オリヴィアの負けた分もあんたが背負ってもらうよ」

「問題ないね」

ダリーも勝つ前提で話を進める。

「丸裸になっても許さないわよ。勝負は両者の合意がなければ続行するっていう面倒なルールなの。覚悟はできているかしら？」

オリヴィアさんを追い詰めるための独自ルールを用意したのだろうが――俺からすれば好都合だ。

「いいね。俺好みのルールだ」

「泣いても許してあげないから」

「――勝負成立だ。ここからは本気で行くぞ」

俺が席に着くと、二人は顔を見合わせて勝ち誇った顔をした。

ディアドリー先輩が俺に耳打ちしてくる。

「イカサマは見抜けているの？　難癖を付けるだけなどという卑しい真似はしないと思っているのだけど？」

イカサマとは行われたその場で見破らなければ意味がない。

いくら相手が怪しかろうと、見破れないイカサマは成立する。

ダリーとドナが席に着くのを見ながら、俺はディアドリー先輩の質問に答えるように二人に忠告してやる。

「それはそうと、お前らの専属使用人が持っているカードは不要だろ。袖に隠しているのを俺が知らないと思ったか？」

俺が指摘すると、ダリーとドナの専属使用人たちが僅かに反応した。

随分と器用なのか、素早く隠そうとする専属使用人たち。

そんな彼らの腕を掴む人がいた。

専属使用人の右の袖からトランプのカードがパラパラと落ちた。

「いけないいな。イカサマをしたなら制裁を受けないとね」

腕を掴んだのはルクル先輩だった。

糸目の彼は普段よりも目を大きく開くと、そのまま専属使用人の指を掴む。

何をされるのか察した相手は許しを請うのだが――。

「や、やめっ！」

「イカサマをするなら、これくらい覚悟しないと」

――ルクル先輩は、そのまま平然と専属使用人の指を折った。

骨の折れる嫌な音が響くと、周囲の面々が顔を背けるなどそれぞれ反応する。

専属使用人を捕まえてくれたのは嬉しいが、そこまでするとは思っていなかった俺は心の中で焦ったよ。

俺たち男子は専属使用人が嫌いだ。

あいつらは俺たち男子に手を出してこないが、明らかに見下しているからな。

そんな奴らに仕返しができる場面が来て、ルクル先輩も興奮して指を折ってしまったのだろうか？

誰かそうだと言ってほしい。

ただ、マリエはその光景を見ても平然としていた。

「指くらいで大袈裟ね。私だって何度も折ったわよ」

とか聞こえたが、折った理由はあまり聞きたくないな。

狩猟をしていた頃に怪我でもしたのだろうか？　指を折るよりも酷い経験がありそう。

俺は心を落ち着けるために小さくため息を吐く。

ギャンブルでイカサマを見抜かれると制裁を受ける——それがこの国のルールだ。

やった方が、見抜かれた方が悪い。

ここで俺が動揺すれば、目の前にいるダリーとドナに対する威圧が弱くなる。

それを避けるためにも必死に平静を装った。

しかし、ルクル先輩の行動に同じグループの男子たちが口を挟む。

「ルクル先輩、何をしているんですか？」

「え？　イカサマをしたら指を折るって決まりだろ？」

「いや、腕でしょ!?」

「嘘!?　僕は指って教わったんだけど？」

同じグループの男子が指摘したのは、イカサマが見抜かれた場合の罰だ。

地方ルールもあるのか、微妙に違っていた。

指を折る、腕を折る、どっちなのかと言い合っていると——ディアドリー先輩がどこからか斧を持ってきて、卓の上に振り下ろした。

ダンッ！　と深々と斧が刺さった卓に視線が集まり、男子たちの騒ぎ声も消えた。

「ガタガタと騒ぐんじゃありませんわ！　貴族が互いに家名を出して挑んだこの勝負、イカサマの代償は腕一本が相応しくてよ！」

「――えっ!?」

あまりの代償に、俺は驚いて声が出てしまった。

ルクシオンが味方してくれるとはいえ、腕一本という代償は重すぎると感じたからだ。

ダリーとドナの二人など、ガタガタと震えていた。

「いや、そこまでは、ドナはやりすぎだと思う」

勢いが削がれたドナの正論に対して、ディアドリー先輩は激怒していた。

「どうしてかしら？　事の重大さを理解されていますわよね？」

ダリーが唇を震わせながら拒否しようとする。

「で、でも、そこまで面倒なことをする必要はないかなって」

「貴族が家名を出すっていうのはね――家名を懸けた真剣勝負なのよ。その程度の覚悟で家名を気軽に口に出していたなんて言わないわよね？　わたくし――そういう連中が何よりも大嫌いでしてよ！」

ディアドリー先輩が無表情で二人を睨み付けた。

ガタガタと震える二人。

俺もちょっと――いや、普通に怖い。

ディアドリー先輩が周囲に向けて言い放つ。

「あのオフリー家のステファニーですら、勝負に負けたら潔く罰を受けたわ。まさか、ステファニーにできて、あなた方ができないなどとは言わないわよね？」

ステファニーに劣ると言われるのが嫌なのか、ダリーもドナも勝負をするらしい。

まだイカサマの手段があるのか、青い顔をしながらも頷いていた。

「はっ！　やってやろうじゃないの」

覚悟を決めたダリーを見て、俺は少しだけ見直したよ。

本当に少しだけ――それでも、同情する気にはなれないけど。

それよりも問題は――。

「ルクシオン、大丈夫だよな？　ディアドリー先輩に俺のイカサマは見破られないよな？」

――誰にも聞こえないように小声で確認すると、ルクシオンが呆れていた。

『自信満々に代役を買って出た理由が、私の力を借りたイカサマですか。今度はそれが見破られないか、怯えている、と』

「御託はいいから大丈夫かどうかを答えろよ」

焦っている俺に、ルクシオンがヤレヤレといった感じで言う。

『マスターも私を侮りすぎです。この程度――私にとってはお遊びにもなりませんよ』

ルクシオンを使ったイカサマが露見しないことを祈りつつ、俺はオリヴィアさんを救うためギャンブルに挑む。

豪華客船のカジノは、先程とは違う興奮に包まれていた。

オリヴィアは、目の前で繰り広げられる光景に声も出ない。

先程まで自分を苦しめていたダリーとドナの二人が、血の気の引いた顔をして震えていた。

トランプのカードを持つ手が、恐怖から震えている。

ダリーがカードを一枚捨てようとすると、リオンが鋭い視線を向けた。

「――おい、腕一本を犠牲にする覚悟はあるんだろうな？　隠したカードと入れ替えたら、後戻りはできないぞ」

リオンの視線が向かうのは、卓に突き刺さった斧だった。

「っ!?」

緊急時に壁やらドアやらを破壊するためのもののようで、十分な切れ味を持っているのは明らかだ。

ダリーは斧を見てイカサマを思いとどまったようだが、呼吸が激しく乱れていた。

無理もない。

既にオリヴィアの負け分は取り戻していた。

今は二人が借金をしてチップを用意し、リオンに巻き上げられているのだから。

リオンの手元には積み上げられたチップの山があり、イカサマを止めたダリーとドナが勝負に出てカードを卓に置いた。

役が揃ったそれなりの手札だったのだが——リオンが無表情でカードを置く。

二人よりも上の役が揃っており、リオンの勝ちだった。

「俺の勝ちだ。チップを寄越せ」

敗北してチップを差し出した二人の手元には、もう何も残っていなかった。

何度も借金をして用意したチップが、リオンの手元に積み上げられていく。

リオンはディーラーに、カードを配るように目配せしてから二人を見る。

「次の勝負だ。お前らは早くチップを用意しろ」

借金をしてでもチップを用意しろ、と言っていた。

この場合、二人が借金をする相手はリオンである。

オリヴィアの時よりもレートが上がり、既に莫大な金額に膨れ上がっていた。

ドナが耐えきれなくなって、涙を流して突っ伏す。

ダリーも一緒に涙を流し、二人して何度もリオンに謝罪する。

「もう許して。面倒なことをしたのを謝るから！」

「ドナたちを許してよぉ」

泣きじゃくって許しを請う二人の姿は、オリヴィアから見ても痛々しかった。

最初こそ二人は普通に勝負をしていた。

だが、リオンに負け続け、チップを失うとなりふり構わずイカサマに手を出したのだ。

どのようなイカサマだったのか、オリヴィアには見抜けなかった。

だが、リオンは全て見抜いていた。

見抜いた上で――何度か見逃していた。

それでもリオンが勝利していた。

普通に勝負をしても一度も勝てず、イカサマに手を出しても勝てない。

それればかりか、イカサマをした勝負の後、リオンは決まって「イカサマをしたのに勝てなくて残念だったな」と言った。

最初は強がっていた二人だったが、次第に心が折れたのかリオンに怯えきった表情を向けるようになった。

当初はディアドリーを警戒していたのに、今はリオンが恐ろしくて仕方がない。

傲慢でわがまま。

そんな貴族のお嬢様たちが、リオンにプライドを折られていた。

今では泣きながら許してほしいと懇願するも、リオンに素っ気なく断られている。

立場が逆転していた。

また、自分たちがオリヴィアを罠にはめるために用意したルールが、ここに来て二人を苦しめていた。

「勝負の終わりは双方が合意した場合のみ、だろ？　それにお前たちが言ったんだぞ。負けた分は必ず払ってもらうってさ。お前たちが決めたルールだろ？」

勝ち続けているリオンだが、その表情は乏しかった。

勝利を喜んだりせず、淡々と作業をしているような顔だ。

面倒だと言わんばかりの顔をしていた。

二人が泣きながら借用書にサインをし、それを差し出してチップを用意する。

チマチマと賭けさせないために、賭ける金額の下限は決められていた。

それも、ダリーとドナがオリヴィアを罠にはめるために用意したルールだ。

悉く、それらが二人を苦しめている。

チップが追加され、勝負が再開されると――。

「はい、俺の勝ち」

――またしてもリオンの勝利だった。

ダリーとドナを擁護するためか、一人の男子生徒がリオンに抗議する。

「いくら何でもおかしいだろうが！　さっきから一度も負けないなんて、バルトファルトがイカサマをしているに決まっている！　そうだろ、みんな！」

周囲に同意を求めると、それに半数近くの生徒たちが同意した。

ディアドリーが小さくため息を吐いた。

「それではリオン君の身体検査をしましょうか」

リオンは肩をすくめて立ち上がる。

「これで三度目ですよ。いい加減に諦めたらいいのに」

男子生徒は自信があるのか、リオンの体を調べ始めた。

上着ばかりかシャツまで脱がせ、ズボンも脱がせ――トランクス一枚にしてしまう。

だが、出てこない。

証拠は何一つ出てこなかった。

「う、嘘だ」

イカサマを指摘した男子生徒が狼狽すると、ディアドリーが指を鳴らした。

「真剣勝負を妨害したのですから、覚悟はできているのよね？」

男子生徒が暴れ始めるが、ディアドリーは気にも留めない。

その間に、ルクルたちが男子生徒を囲んだ。

「いや～、悪いね。でも、これもルールだからさ」

そう言って部屋から男子生徒が別室に連れ出された。

「絶対におかしいだろ！　や、止めろ。お前ら、こんな――ぎゃあぁぁぁ!?」

別室からは男子生徒の叫び声が聞こえてきた。

彼は女子へのアピールのために、ダリーとドナを庇いリオンの不正を追及した。

そうすれば、他の女子たちに好かれると思って。

結果、証拠が出ずに失敗に終わってしまっただけだった。

オリヴィアが悲鳴が聞こえないよう耳を塞いで俯いている間に、リオンは服を着て席に着いた。

「勝負の続きといこうか」

リオンが勝ち続けているのは明らかにおかしい。

だが、どれだけ調べても証拠が出てこないのでは、イカサマと断定できない。

泣いても許してくれないリオンに、ダリーが席を立ってかんしゃくを起こした。

「こんな勝負絶対に認めないから！　パパに言いつけてやる。あんたなんか、パパが潰してやるんだから！」

負けを認めず、実家の権力を行使すると言うダリーにドナが震えながら腕を引っ張って言った。

「駄目。ダリー駄目！」

怯える視線の先にいたのは、ディアドリーだった。

心底軽蔑した顔をしていた。

「あれだけ忠告をしたのに勝負を汚すのね。いいでしょう。ならば、ローズブレイド家が相手になるわよ。――徹底的にやり合いましょうね」

学園で敵に回してはいけない女子の一人から、狙われる――ダリーがそのことに気付いた時には手遅れだった。

リオンが低い声でダリーに言う。

「今度はお前の実家が俺の相手か？」

オフリー家とラーフェン家を滅ぼしたリオンの言葉は、現実感もあって異様に重い。

ダリーは立っていられなくなったのか、床に座り込んで泣き始めた。

「許してください。もう面倒なことは言いません。何でもします。だから、許してください！」

ドナもリオンに何度も謝る。

「こんな借金払えないよ！　ドナの実家でも無理。絶対にパパに怒られる。だから許してよぉ」

情けない姿を晒しながら、二人はリオンに謝罪した。

もう恥も外聞もないのだろう。

周囲から注がれる冷たい視線に気付きながらも、無様な姿を晒していた。

だが、リオンはどこまでも容赦がなかった。

「続行だ。お前たちが誰に謝るべきか気付くまで勝負は続ける。――まさか、気付いていないとか言わないよな？」

オリヴィアに謝るまで。平民に頭を下げるまで許さない。

ある意味で、貴族のお嬢様たちにはこれ以上ない屈辱だ。

だが、怯えきったダリーとドナの二人は、オリヴィアを見ると駆け寄ってきた。

オリヴィアの前に倒れ込むと、そのまま脚にすがりついて謝罪してくる。

「ごめんなさい。もう面倒なことはしません！　だから許して！」

「ドナが悪かったから！　謝るから許してぇ」

あれだけ傲慢だった二人の激変振りに、オリヴィアは理解が追いつかなかった。

「えっと……は、はい」

オリヴィアは二人の謝罪を受け入れた。

それを見たリオンが、小さくため息を吐いていた。

安堵しているように見えたのは、気のせいではないだろう。

リオン本人もこんな勝負に嫌気が差していたようだ。

「終わりだな。――お前ら二人の負けた分は保留にしておいてやる。次に特待生に何かしたら、本気で取り立てに行くから覚悟しておけよ」

ダリーとドナは、解放されて借金も保留にされた。

二人は抱き合いながら泣き始める。

「ドナァァァ」

「ダリーィィィ」

席を立つリオンに、ディアドリーが呆れていた。

ただ、こちらは微笑を浮かべている。

「お優しいこと。最初から巻き上げるつもりなんてなかったのでしょう？」

「成金なので小遣いには困っていませんから」

そのまま去ろうとするリオンに、オリヴィアは駆け寄った。

「あ、ありがとうございました！　そ、それよりも、どうして助けてくれたんですか？」

(私なんて助けても意味ないのに。それなのに――こんな貴族様は初めて)

絶望的な状況で自分を助けてくれた貴族のことが、気になって仕方がなかった。

リオンは照れているのか頭をかく。

「困っているみたいだったから？　あとさ――すぐに助けてあげられなかったのはごめんね。それじゃ」

逃げるように去っていくリオンの背中に、オリヴィアは手を伸ばした。

「あ、あの！　お名前……」

去っていったリオンの背中を寂しく見つめていると、ディアドリーが胸の下で腕を組みながら小さくため息を吐く。

そして、オリヴィアに教える。

「何を照れているのやら。最後まで格好を付けたら百点でしたのにね。それはともかく、彼はリオン・フォウ・バルトファルトよ」

「リオン・フォウ・バルトファルト……様」

(バルトファルト？　そういえば、ユリウス殿下から教えてもらったな)

以前、学園ですれ違った際に一緒にいたユリウスが、同世代では有望株だと言っていたことをオリヴィアは思い出した。

(優しい人だったんだ)

ディアドリーは嬉しそうにリオンについて説明する。

「卒業後は男爵になるのだけど、今は騎士見習いね。わたくしの可愛い弟分でしてよ」

口元を扇子で隠したディアドリーが、それでは失礼しますわ、と言って去っていく。

オリヴィアは胸に手を当てた。

普段よりも鼓動が速い。

それに、どうやら熱がぶり返したらしい。

随分と顔が熱くなっていた。
「リオン・フォウ・バルトファルト様」
オリヴィアは名前を呟きながら、胸の前で両手を組んだ。
（騎士見習いって騎士様だよね？　そっか——騎士様なんだ）
吟遊詩人が歌うような、強くて優しい騎士が思い浮かぶ。
（あんな貴族様もいるんだ）
ユリウスたちとも違う男子生徒のリオンに、オリヴィアは妙に心を惹かれていた。

第11話「修学旅行の目的は？」

豪華客船が港に到着すると、生徒たちは大はしゃぎだった。

「この浮島は初めて来たな」

「雰囲気違うな～」

「木造の建物ばっかだな」

珍しそうに異文化の浮島を見ている生徒たちの中、俺とマリエは複雑な気分に襲われていた。

港から見える景色というのが、前世の日本を思い出させるからだ。

「和風の島だとは知っていたけど、ここまで雰囲気が出ていると心に来るものがあるな」

マリエも俺と同じ気持ちを味わっているらしい。

懐かしそうにしながらも、どこか物悲しそうな様子だった。

「雰囲気が似すぎているのも問題よね」

戻れない故郷を連想させる風景に、哀愁すら感じてしまう。

前世と同じ景色とは言わない。

ただ、前世ならば地方の田舎に行けば見られるような景色が広がっていた。

牧歌的な景色だ。

姿を消してついてくるルクシオンが、俺たちと同様に疑問を持っていた。

『データにある日本との類似点をいくつも発見しました。特に鳥居――神社は再現したのではないかと疑うほど酷似していますね』

その疑問に対する答えを、俺もマリエも持ち合わせていた。

「あの乙女ゲーの設定だろ？」

「修学旅行で異国文化を出すために和風にしたのかしらね？」

イベントのために異文化を用意するのが面倒で、和風を選んだとしか思えなかった。

『お二人の回答はゲーム的な思考に偏りすぎていますね』

「それ以外に何て説明するよ？」

『私の方で調査を進めておきましょう』

俺との会話を切り上げたルクシオンは、これ以上の議論は無意味と判断したのだろう。

マリエは哀愁を感じさせる表情をしていたが、両頬を叩いて気持ちを切り替えていた。

「よし！　それじゃあ、この浮島を楽しむわよ！　もしかしたら、日本風の食べ物とかあるかもしれないし、探してみるのも悪くないわ」

切り替えの早い奴だ。

こういうところは、素直に尊敬している。

「味噌と醤油があれば分けてほしいよな」

「白か赤か、それに甘口か辛口か――調査が必要よね」

マリエと二人で笑いながら港を歩いた。

そんな俺たちの横を通り過ぎたのは——何故か水着姿のディアドリー先輩だった。

白い水着にパレオ姿だ。

「ようやく到着しましたわね。このまま湖に直行しますわよ！」

取り巻きの女子生徒たちを連れて、足早に去っていく。

俺はその姿を凝視していた。

主に胸の辺りを。

「到着するなり着替えて遊びに行くとか、あの人は本当に行動力がっ!?　——い、痛いんだけど？」

マリエは俺の脇腹を抓っていた。

「ふん！　そうやっていつも胸ばかり見てさ！　あんた本当に最低ね！」

「あ、おい！」

マリエが一人で先に行ってしまった。

ルクシオンが俺の行動に疑問を持っている。

『何度同じ失敗を繰り返せば、マスターは学習するのでしょうね』

「人間は失敗を繰り返す生き物だ」

『せめてこの程度は学んでください。いっそマリエの豊胸を真剣に考えるべきかもしれませんね』

マリエの豊胸だけは許可するべきか思案するルクシオンに、これだけは伝えなければと俺は思った。

「俺、偽物の胸には興味ないんだよね」

何事も天然志向なのだ。

『――度し難いマスターを持てて、私は本当に幸せですよ』

「そう？」

素直に受け入れると、ルクシオンが低い電子音声で言う。

『皮肉です。真に受けないでください』

豪華客船を下りたオリヴィアは、キョロキョロと視線を動かしていた。

お目当ての人物がいないと知ると、小さくため息を吐く。

「いない。先に下りたのかな？」

後から下りたオリヴィアは、リオンが見つからなくて残念に思った。

そんなオリヴィアの後ろをついて歩くカイルは、悩ましい顔をしていた。

「もしかして、助けてくれた男子を捜しているんですか？」

「う、うん」

頬を少し赤らめて、恥ずかしそうに頷くオリヴィアを見てカイルは眉根を寄せた。

「お礼を言うくらいはいいと思いますけど、あまり露骨に近付くとユリウス殿下たちに悪いので気を付けてくださいね」

カイルからすれば、リオンに恋慕するオリヴィアが理解できないようだ。

リオンとユリウスたちを比べれば、圧倒的にユリウスたちが勝っていた。

地位、財力、権力――それらはユリウスたち五人の方が持っているため、リオンなど最初から勝負にならない、と。

「――駄目なのかな」

だが、オリヴィアにとっては貴族というだけで雲の上の存在だ。

雲の上の中にある階級など想像も付かない。

学園に来て多少の知識は得たが、それでも貴族社会の上下関係について十分に理解したとは言えなかった。

「え？　まさか、あんな男に興味があるんですか？　卒業したら男爵になるとは聞いていますけど、しょせんは田舎領主ですよね？」

カイルはリオンを見下した発言をする。

それがオリヴィアには嫌だった。

「私にとっては、みんな手の届かない存在に変わりないから」

「何を言うんですか？　手は届きますよ。ユリウス殿下たちの覚えがいいんですから、やりようはいくらでもあります。もっと自分の将来について考えた方がいいですよ」

リオンなどよりも、ユリウスたちを選ぶべき――カイルの言葉は、オリヴィアにはそう聞こえた。

ただ、将来について考えた方がいいと言われ――浮かんだのはリオンの顔だった。

◇

宿泊施設は旅館だった。

普段味わえない異国の文化に学園の生徒たちははしゃいでいたが、俺とマリエは違った。

旅館に別途料金を支払い、個室を借りた俺はマリエと二人きりになった。

学園側も俺の行動をとがめない。

むしろ、旅館が認めるなら好きにすればいい、という態度だった。

旅館には付きものの謎スペース。

そこに置かれた机を挟み、向かい合って俺たちは座っていた。

「緑茶があるのは嬉しいけど、何だか頭が混乱するよな。俺たち日本に戻ってきたんだっけ？」

旅館が用意した浴衣を着ているマリエは、茶菓子を食べている。

――夕食を大盛りにして、何度もおかわりしていたのにまだ入るのか。

「謎スペースまで再現するなんて凄いわよね。こんな場所に懐かしさを覚える日が来るなんて、前世では思いもしなかったわ」

「同感だな」

穏やかな時間が流れていた。

お茶を飲んでゆっくりと過ごす時間は嫌いじゃない。

だが、わざわざ部屋を借りてマリエを招いたのには理由がある。

「さて、そろそろ真剣な話をするか」

マリエの表情が引き締まった。

「そうね。大事な話だわ」

互いに真剣な顔付きになった。

無理もない。

俺が修学旅行の一発目に和風な浮島を選んだ理由だが、実はあの乙女ゲーの攻略を有利に進められるアイテムがあるからだ。

攻略といっても冒険パートのみ。

ただし、ここで手に入るアイテムというのが、成長率に関わる優先度の高いものだった。

レベルアップ時に成長率を上げてくれるため、レベルが低い時に手に入れた方がより恩恵を得られる。

わざわざ賄賂まで用意して和風な浮島を選んだのはこのためだ。

もっとも、和風な浮島に来られただけで、全てが解決したわけではない。

問題はここから。

「大事なアイテムだが、明日開催されるお祭りでお守りとして販売される。購入は一人につき一つだけ。あの乙女ゲーでは、中身は完全ランダムで何が出てくるかわからない」

俺が状況を確認すると、マリエも頷いた。

「ゲームだったらお目当てのアイテムが出るまでロードを繰り返せばよかったわ。けど、現実にロードなんてない」

「チャンスは一度きりだ」

お守りは何種類かあり、場合によっては外れアイテムとなってしまう。

お目当てのアイテムを手に入れるまで、何度もやり直す必要があった。

しかし、この世界は俺たちにとって現実でもある。

「現実でやり直しができたらいいのにね」

マリエがそう言うと、俺はニヤリと口角を上げた。

「確かに現実はやり直せない。けどな、現実だから選べる方法があるんだぜ」

「それって！」

俺はテーブルに金貨の詰まった袋を置いた。

「金だ。金の力で解決する。お祭りで売られるお守りは、全て俺たちが買い占める！」

俺の作戦にマリエは瞳を輝かせた。

「さすがはリオンね！　人が躊躇いそうな選択を嬉々として行う卑劣さが、こういう時は頼りになるわね！」

「ふははは！　……それ、褒めてるの？」

「うん、今はね！」

そっか。この時だけは卑怯な性格を褒めてくれるのか。

嬉しいとは言い切れないが、認めてもらえているなら悪くないだろう。

ただ、ルクシオンが部屋の隅から、俺たちを残念そうに見ていた。

『真剣に何を相談しているのかと思えば、ゲームのアイテム集めですか。いっそそのまま、告白でもすればいいのに』

え？　もしかして、俺たちは人工知能に本気で心配されているの？

そしてお祭り当日。

「待てぇぇぇ!!」

「お守りを置いてけぇぇぇ!!」

この日のために用意した浴衣を着た俺たちは、お祭りそっちのけで走り回っていた。

追いかけるのは、狐面を付けた男だ。

背中に箱を背負っており、そこにはお祭りの際に売るお守りが入っていた。

そんな狐面の男だが、俺たちから全力で逃げていた。

「誰か助けてぇぇ！」

最初は気軽に声をかけた。

お守りを売ってほしいと頼むと、嬉しそうに「はい、どうぞ。お一人様につき一個までですよ」と白い袋に入ったお守りを見せてきた。

中に何が入っているのかは、外見からは判断が付かなかった。

だから俺は「金ならいくらでもある——全部売ってくれ」と提案した。

するとどうだ？

狐面の男は「そんなの駄目ですよ！」と言って売ってくれず、挙げ句の果てに俺たちから逃げ出した。

そこから始まったのは、追いかけっこである。

「金ならあるから！　十倍の値段で買う！　いや、百倍でもいいから！」

俺がそう言うと、狐面の男が走りながら振り返った。

「絶対に駄目です！」

この狐面の男だが、とにかく足が速い。

俺とマリエが全力で走っているというのに、一向に距離が縮まらない。

「この私が追いつけないですって!?　雪山で猛獣からも逃げ抜いた私の脚力が通じないなんて、あんた何者!?」

マリエは狐面の男に驚嘆していた。

だが、狐面の男の方こそ驚いている。

「雪山で猛獣に追いかけ回されるって何ですか!?　何であなたは生きているんですか!?　ちょっと怖いですよ!!」

本当だよ。

雪山で猛獣に追いかけ回されて、逃げ切ったマリエが凄すぎるよ。

これについては狐面の男と同じ気持ちだ。

狐面の男だが、大きな荷物を背負っているのに息切れした様子がない。

そればかりか、山道を下駄で軽やかに走っている。

やはり地元民には勝てないか。

対して、俺たちの方は、息が上がり始めて速度も落ちていた。

俺がマリエに視線を送ると、悔しそうにしながらも頷いた。

マリエが狐面の男に向かって大声を出す。

「わかった。わかったわよ！　降参するわよ！　だから、せめて一個ずつだけでも売りなさいよ！」

狐面の男が、振り返って後ろ向きに走りながら俺たちに確認してくる。

「本当に一人一つだけですよ。一個だけですからね！　奪うとか止めてくださいよ！」

念を押してくる狐の面の男に、俺は叫ぶ。

「わかったから止まってくれよ！　というか、あんた速すぎ――」

いったいどれだけ走らされたのだろうか？　俺もマリエも汗だくになっていた。

立ち止まってくれた狐面の男は、怯えるように俺たちを警戒していた。

俺は懐から財布を取り出して、狐面の男に二人分の代金を支払う。

肩で息をする俺とマリエに対し、狐面の男は呼吸が乱れていなかった。

「最初から一個ずつにしてくださいよ。おかげで走り回る羽目になったじゃないですか」

文句を言う狐面の男に謝罪する。

「悪かったな。それだけ欲しかったんだよ」

「百倍出してもいいとか言ったお客さんは、あなたたちが初めてでしたよ。まぁ、嬉しくもありましたが、やっぱりこういうのは一人一個ずつです。お祭りに来てくれたお客さんたちが、毎年楽しみにしてくれていますから」

利益よりも客が喜ぶことが優先か。

買い占めを許さないわけだ。

最初にそう言ってくれれば、俺たちも無駄な追いかけっこをしなくて済んだのに。

というか、強引に迫りすぎたのがまずかったのだろう。

俺は頭をかく。

「反省するから許してくれよ」

狐面の男が、背負っていた箱の蓋を開けて中身を見せてくる。

そこには沢山の白い袋に包まれたお守りが入っていた。

中身は確認できないし、指で触って確認するのも駄目らしい。

「それでは、一人一個ずつですよ」

マリエは乱れた呼吸を整えながら、真剣にお守りを選んでいた。

「せっかくお金を出して買うんだから、好きなお守りを選ばせてくれてもいいじゃない」

お目当てのお守りが選べたらいいのに、と。

その意見に狐面の男が、困ったという声で答える。

「お守りは相応しいものがその人の手に渡るようになっています。外れなんてありませんから、気にせず選んでください」

俺たちにしてみれば、狙ったアイテム以外は外れである。

「当たってくれよ――あっ!? あぁぁぁ」

俺は選んだ袋に指を入れ、その感触だけで外れを確信した。

指が触れたのは組紐だったが、引っ張るとその先には紐と本体を繋ぐ金色の金具。

組紐の先にあったのは白い玉だ。

大きさはビー玉くらいなのだが、光が反射すると七色の光を放っていた。

大きな真珠に見えなくもない。

ただ、真珠であればもっと高額なはずなので、きっと作り物なのだろう。

それでも値段を考えれば十分だった。

残念なのは、俺が求めていたものとは違った点だ。

続いてマリエも箱の中に手を入れて、袋の一つを手に取った。

急いで袋の中身を確認する。

「当たれ。当たって……こいっ! うわぁ」

期待していた表情が一瞬で落胆に変わった。

それだけで、マリエが望んだ品が手に入らなかったことが伝わってくる。

マリエが袋から取り出したのは、銀色に輝くお守りだった。

銀色の盾に剣が収められたデザインをしているそれは、武運のお守りというフィジカル系ステータスの成長率を上げるものだ。

俺たちが残念そうな顔をしているのを見ていた狐面の男が、箱を背負った。

面に隠れてはいるが、笑っているような気がした。

「お似合いですよ。それでは、私は戻ります。はぁ、お祭りの会場から随分と離れてしまいましたね」

狐面の男が見えなくなると同時に、隠れていたルクシオンが姿を現した。

『お目当てのアイテムが手に入ったようで何よりです』

「……それもそうだな」

俺とマリエは、互いに持っているお守りを見ていた。

俺が手に入れた白い玉は、属性を強化してくれるお守りだ。

魔法に関わるステータスの成長率も上げてくれるのだが、白い玉が強化してくれるのは回復魔法だ。

俺が持っていても意味がない。

対して、マリエもフィジカル系のステータス上昇など興味がない……はず？　いや、下手な男よりも強いマリエならば、武運のお守りを持つのも悪くないのだろうか？

武運のお守りを持って更に強くなったマリエの姿が、容易に想像できてしまった。

――フィジカル最強のマリエとか恐ろしくもあるが、面白そうだから見てみたい気もするな。

勝手な妄想をしていると、マリエが持っていた武運のお守りを俺に差し出してきた。

「趣味じゃないからリオンにあげるわ」

「いいのか？」

武運のお守りを受け取った俺に、マリエが気に入らない理由を言う。

「それ、お土産で売られているキーホルダーみたいじゃない？　ほら、剣に龍が巻き付いているやつよ。男子がよく買うやつね」

マリエは男の子の趣味が理解できないようだ。

しかし、そんなキーホルダーを、俺は小学生時代に購入していた。

「あ、それ俺も買った」

「男子の趣味って理解できないわね」

お土産のキーホルダーを思い出すデザインをした武運のお守り――俺は嫌いじゃない。

「俺は結構好きだよ」

「あ、そう。それなら、私にそっちを頂戴よ」

マリエが見ていたのは、俺の手に握られている白い玉だ。

それを渡すと、マリエが受け取って赤い組紐の輪を右腕に通した。

「これでよし！　買い占められなかったけど、悪くない成果ね」

右手首に装着したお守りを見るマリエは、嬉しそうに見えた。

汗ばんで肌に髪が張りつき、浴衣も少し透けている。

髪をまとめてポニーテールにしているので、今日は首筋が見えていた。

妙に艶っぽく見えて、咄嗟に顔を背けてしまった。

マリエを相手に胸が高鳴っているのが、自分でも不思議で仕方がない。

俺は強引に話題を振って雰囲気を変える。

「それにしても走って疲れたな」

「私も汗だく」

狐面の男との追いかけっこに、俺たちはクタクタになっていた。

疲れ切っている俺たちに、ルクシオンが言う。

『ですが、今から戻れば丁度いい時間帯ですよ』

丁度いい時間帯、と言われてマリエが首を傾げた。

「何かあったかしら？」

忘れているマリエに、俺は苦笑してしまう。

出かける前は、あれだけ楽しみにしていたのに。

「花火だよ。花火を一番いい場所で見るんだ、って昨日から楽しみにしていたのはどこの誰だよ？」

指摘されたマリエは、大事なイベントを思い出して焦り始めた。

「そうよ！　花火よ。花火！　急いで戻らないと！」

駆け出したマリエについていきながら、俺はルクシオンに目配せした。

「準備は？」

『万全です。後はマスター次第ですよ』

「それが一番心配だな」

第12話「花火と歯車」

見慣れない景色、嗅ぎ慣れない匂い、聞き慣れない音。
修学旅行の日程は、目的地の浮島で祭りが行われる日に合わせられていた。
夜を照らすのは提灯の優しい光。
お祭りには沢山の屋台が出て、地元の料理を振る舞っている。
聞こえてくる音楽は、自国では使われていない楽器で演奏されていた。
お祭りの会場を訪れたオリヴィアにとっては、何もかもが新鮮で幻想的に見えていた。
「……綺麗」
口からは自然に素直な感想が漏れた。
制服姿で歩いていると、現地の子供たちが浴衣姿にお面を付けて横を走り抜ける。
多くの人たちが笑顔であり、笑い声があちこちから聞こえてきた。
学園の生徒たちも大勢参加しており、中には浴衣姿の者もいる。
ほとんどが数人のグループで行動しており、修学旅行を満喫していた。
そんな祭りの中を一人で歩くオリヴィアの視線は、自然と誰かを捜していた。
リオンだ。

カジノで助けてくれた男子生徒に、ちゃんとお礼を言わなければならない。

――それを口実に、リオンと話をしてみたかった。

（どんな人なのかな？　助けてくれたから、悪い人ではないと思うんだけど）

あの日からリオンのことばかり頭に浮かんでくる。

こんな気持ちになったのは初めてだった。

故郷にいた頃から恋愛ごとには疎かった。

誰と誰が付き合っている、などという話を聞いても盛り上がれず、本を読んでいる方が楽しかった。

そんなオリヴィアが、初めて自分ではどうしようもない気持ちを抱いた。

だが、どれだけ捜しても見つからない。

（お祭りに来ていないのかな？）

現地に来て二日目だ。

明日には豪華客船で帰ることになる。

（まだ時間はあるから大丈夫だよね？）

学園に戻るまで、まだ時間はある。

それまでに話す時間は作れるはず、と自分に言い聞かせていた。

そんな時、オリヴィアの視界に狐面の男が入る。

大きな箱を背負ったその姿は、周囲から浮いていて目立っていた。

狐面の男は声をかけられると、箱を下ろして白い袋を客に渡していた。

気になって近付くと、白い袋を買った客が離れた。

狐面の男がオリヴィアを見る。

「お守りに興味がありますか？」

「お守りを売っていたんですね」

狐面の男が箱の蓋を開けると、蓋の裏には色んなお守りが貼り付けられていた。

白い袋の中にその中の一つが入っているらしい。

「お一人様一つだけ購入できます。中身は購入してからのお楽しみですよ」

値段を聞けばオリヴィアにも手が届く金額だった。

「それなら一つください」

「はい、それでは好きな袋を選んでください」

箱の中から白い袋を一つ取りだしたオリヴィアは、中身を確認する。

それは赤い組紐に結ばれた木製の飾りだった。

「これは――歯車ですか？」

小さな木製の歯車は、中央に穴が空いていた。

そこに赤い組紐が通されている。

オリヴィアが箱の裏側を確認するが、お守りの中に歯車はなかった。

狐面の男が何やら神妙な声を出す。

「歯車とは珍しいですね」

「えっと、これって？」

機械の部品というイメージしかないオリヴィアに、狐面の男は意味を教えてくる。

「歯車を人の運命にたとえています。他の人の歯車と噛み合うことで、自分の人生も回り出す、とね」

「運命？」

「あなたの人生が、誰かと噛み合って回り出す予兆なのかもしれませんよ」

誰かと言われて、オリヴィアの顔は赤くなった。

リオンの顔が思い浮かんだからだ。

狐面の男が愉快そうに笑っている。

「思い当たる人がいるようですね」

「いえ、あの——はい」

否定しようとしたが、結局認めてしまった。

「いいですね。思い人と運命の歯車が噛み合うことを願っていますよ。——まぁ、その運命の歯車も簡単に外れてしまうのですけどね」

「え？」

「本来噛み合うべき歯車が、関係ない別の歯車と噛み合って回り出すこともあります。人の運命とは儚いですからね。もしも、噛み合うべき歯車を見つけたなら、手放さないことですよ」

忠告した狐面の男が、箱を背負って去っていく。

オリヴィアは歯車のお守りを右手で握りしめた。

花火を見るためにやって来たのは、ルクシオンが案内してくれた場所だった。

人気のないその場所には、赤い布をかぶせたベンチが一つ。

ベンチの周囲では、地面に置かれた提灯が四つ、足下を照らしている。

近くに野点傘(のだてがさ)も用意されているが、淡い光を放っているのでこちらも照明代わりなのだろう。

「おぉぉ!! 雰囲気あるじゃない！」

マリエを連れてきたのは、花火を見る穴場スポットである。

「でも不思議よね。こんな穴場に地元の人が気付かないなんて」

周囲を見ても人がいないことを気にしていた。

その答えは単純だ。

『私有地ですからね』

ルクシオンの答えにマリエが焦った。

「不法侵入じゃない!?」

『問題ありません。ちゃんと許可は取ってあります』

「え？」

驚くマリエが俺を見たので、どうして許可が取れたのか教えてやる。

「祭りの日に使わせてほしいって頼んだんだよ。代金を払ったら喜んで貸してくれた」

「何でもかんでもお金で解決して」

俺のやり方にマリエは少し不満そうだった。

マリエの前世を考えれば、抵抗感があっても仕方がないだろう。

しかし、今日ばかりは他人がいてもらっては困る。

『そろそろ時間です。打ち上げまで残り三十秒……』

ルクシオンが花火の開始が近いと言って、カウントダウンを始める。

マリエがベンチに座ったので、その隣に腰掛けた。

俺はマリエにたわいもない話を振る。

「異世界で日本風のお祭りに参加できるとか、あの乙女ゲーのゆるふわな設定に感謝だな」

まさか異世界で、慣れ親しんだ食べ物を口にできるとは思わなかった。

もっと早くに知っていれば、と後悔したほどだ。

マリエは少しばかり残念そうにしていた。

「屋台を制覇できなかったのが悔しいわ。もっと色々と食べたかった」

何という食い意地だろう。

だが、それでこそマリエだ。

「花火が終わったら祭りに戻ればいいだろ」

「それもそうだけどさ。でも、花火が始まる前に色々と買っておきたかったわ。花火を見ながら食べたかった」

花火よりも食い気かよ。

『打ち上げ開始します』

ルクシオンがそう言うと、ヒューという音が聞こえてきた。

その後にドーン！　と炸裂する音がして、花火が夜空に広がった。

マリエが立ち上がって両手を上げる。

「たまや～！」

マリエのかけ声の後、次々に花火が打ち上がった。

炸裂音が体にまで響いてくる感覚が、懐かしくて仕方がない。

「花火までソックリ……ではないか？」

時々打ち上がる奇抜な花火もあるため、完全に同じとは言い難い。

『一部魔法を使用しているため、マスターの知る花火とは違った反応を示しているようです。お嫌いですか？』

「綺麗ならどっちでもいいや」

『そこは魔法に頼るなんて風情がない、と言ってほしかったですね』

ルクシオンは新人類たちが使う魔法に対して、対抗心を持っている。

そのため、魔法技術が使用された花火が嫌いらしい。

「この綺麗な景色の前では、科学とか魔法とか関係ないね」

『マスターならそう言うと思っていました。――大事なのは結果ですか？』

魔法を使用した花火だろうと、綺麗であれば関係ない。

大事なのは出来映えだ。

「そうだな。この景色を見ているとそう思えるね」

『過程を重要視しない。――実にマスターらしいですね』

魔法が使用された花火も綺麗だった。

一発の花火なのに、何度も炸裂するとか。

絵に描いたような花を夜空に描く花火もあって、不思議な気分にさせられる。

――これ、花火かな？　魔法を使用した別物か？

自分の中であれこれ疑問を抱いていると、腰を下ろしたマリエがベンチに置いた俺の手に自分の手を重ねた。

「――色々とありがとね」

「ん？」

顔を向けると、マリエは花火を見上げていた。

横顔に花火の色とりどりの光が当たっている。

「だから――その、色々よ」

恥ずかしそうにするマリエは、一度俯いてから俺に顔を向けてきた。

普段の雰囲気と少し違うマリエは、青い瞳がキラキラと光って見える。

「オフリー家から助けてくれたでしょ？　それに、実家の問題も解決してくれたわよね？　私一人だったら、今頃どうなっていたか」

俺がいなかったら大変な目に遭っていた、と想像したらしい。

僅かに表情が曇っていたが、すぐに笑みを浮かべる。

「これでもリオンには感謝しているのよ」

「――そう」

素っ気ない返事をする俺に、マリエは頬を膨らませる。

怒っているように見せているが、口調は優しかった。

「信じていないでしょ！　恥ずかしいのを我慢してちゃんと口にしたのに！」

「雰囲気に流されたか？」

お祭りという独特な雰囲気もあって、マリエは普段言えない気持ちを俺に伝えたのだろう。

ケラケラと笑ってやると、マリエが顔を背ける。

「あんたは本当に女心が理解できないわね。私も色々と悪いことをしたと思って反省しているのにさ」

「悪かったたな」

謝罪しつつ席を立つ俺に、マリエは少し焦ったようだ。

言いすぎたかな？　と心配しているような顔をするマリエの前に移動した俺は、膝をついてマリエの左手を掴んだ。

いつの間にかルクシオンは姿を消しており、この場にいるのは俺とマリエの二人だけである。

「――え？」

マリエが驚いているうちに、俺は口を開く。

「お前を助けたことを後悔なんてするかよ。――こんな至らない俺に付いてきてくれるお前は、俺にとって最高の女性だ」

自然と笑みが浮かんでいたと思う。

マリエの瞳を見つめながら、左手の薬指に指輪をはめる。

「マリエ――」

その時、一際大きな花火が打ち上がった。

俺の告白はマリエに聞こえていたと思う。

マリエは顔を耳まで赤くして、目を潤ませていた。

体が僅かに震えていた。

俺がはめた指輪を見て、マリエが涙をこぼす。

浴衣の袖で涙を拭うマリエは、俺に右手を突き出してきた。

人差し指を立てている。

「もう一回！　もう一回言って！」

まさかの告白のおかわりに、俺は唖然としてしまった。

立ち上がって抗議する。

「何でだよ！　無茶苦茶恥ずかしいのを我慢して言ったんだぞ！　俺の一世一代の告白を何だと思っているんだ!?」

こっちは緊張して喉もカラカラで、心臓がバクバクと音を立てている。

顔も赤くなっているはずだ。

何しろ全身が熱くなっていた。

マリエは涙を拭きながら、俺に懇願してくる。

『花火の音でちゃんと聞こえなかったの！　それに、ちゃんと返事をしてない！」

「いや、でも」

「お願いだから！」

頼み込んでくるマリエの真剣な瞳に、俺は折れてしまった。

そういえば——前世で妹にこんな風に懇願されたら、大抵のことは許してやったな、と思いながら。

「次で最後にしてくれよ。顔から火が出そうなんだよ」

気持ちを切り替え、両頬を軽く叩いてからマリエを見つめる。

「マリエ、俺はお前のことが——」

次々に花火が打ち上がる中、俺は再び告白した。

聞いていたマリエの表情が不安なものから幸せなものに変わり、涙を流しながら左手を右手で包むように握っていた。

マリエが涙に濡れた顔に笑みを浮かべた。

「――はい」

了承を得た俺は、ドッと疲労感に襲われて胸をなで下ろした。

ようやく告白が終わったという解放感と一緒に、受け入れてもらえた喜びが込み上げる。

そんな俺の姿を見ていたマリエが、ケラケラと笑っていた。

「可哀想だからこれで許してあげるわ」

「それはどうも」

ベンチに腰掛けると、花火も最高潮の盛り上がりを迎えた。

夜空に多くの花火が打ち上がっていた。

◇

花火が終わった。

お祭りは続いているが、花火を見終わった客たちが帰っていく。

段々と寂しくなる中、オリヴィアは捜していた人物を見つけた。

「あっ！」

浴衣を着たその人を見つけたのが嬉しくて、駆け出していた。

だが、すぐに足が止まった。

「――え？」

体が動かなくなった。

その人――リオンの側には、可愛らしい小さな女の子がいた。

薄桃色の浴衣姿のその子は、学園で何度か見かけたことがある。

自分と同じ生徒であるとすぐに気が付いた。

リオンとのその女子生徒は手を繋いでいた。

楽しそうに――それから、女子生徒の左手薬指に視線が向かった。

銀色の指輪には小さな青い宝石が埋め込まれていた。

それが何を意味するのか、オリヴィアにも理解できた。

気付かぬうちに握っていたお守りを落としてしまう。

木製の歯車はその衝撃で僅かにひびが入った。

オリヴィアは俯くと、お守りを拾うために屈み込む。

「そっか。――そうだよね。――あんなに素敵な人なら、他の人がいてもおかしくないよね。それに、私なんかが声をかけても迷惑になるだろうし」

自分を助けてくれた騎士様のお相手は、貴族の娘。

それが自然な関係だし、平民である自分が夢を見るような相手ではない。

そう自分に言い聞かせた。

「おかしいな。さっきから涙が止まらないや」

拭いても、拭いても、涙が溢れてくる。

お守りを拾ったオリヴィアは、その場から逃げるように駆け出した。

狐面の男が言っていた言葉を思い出す。

噛み合うべき運命の相手を見つけたら、手放してはいけない、と。

(私は手放す前に、手に入れることさえできなかった)

オリヴィアの初恋はこうして終わりを迎えた。

第13話「修学旅行が終わってから」

祭りが終わり、旅館に戻ってきたマリエはニヤニヤしていた。

部屋ではマリエが持ってきた屋台の食べ物がテーブルに置かれ、それを三人の女子たちが囲んで食べていた。

エリーがニヤニヤしているマリエを見ている。

「マリエちゃん、戻ってからずっとニヤニヤしているね」

ベティは焼きそばを食べながら、マリエが眺めている左手の薬指に視線を向けた。

「バルトファルトがようやく告白を成功させたんでしょ。――何度目だっけ？」

尋ねた相手は、テーブルに突っ伏しているシンシアだ。

シンシアは片手を上げてヒラヒラと振る。

「もう覚えてない。――数えるのも面倒だわ」

何もしていないのに疲れ切っているシンシアを見て、ベティは小さくため息を吐いた。

シンシアに何も言わずに、マリエの方を見る。

「結婚がそんなに嬉しいのかね？　私には理解できないや」

そんなベティに、エリーが困ったように微笑んでいた。

「マリエちゃんが幸せそうならいいんじゃないかな？　幸せは人それぞれだよ」

「――幸せね。誰もが終わりを迎えるのに、過程ってそんなに重要かしら？」

「今を生きるって大事じゃないかな？　私が言っても説得力がないけど」

苦笑するエリーを見て、ベティは何かを言おうとして――結局止めてしまった。

「若人たちに幸あれ、ってね」

同じ年であるはずのベティの言葉は、マリエを年下に見ていた。

それをエリーは指摘することなく、読みかけの本に視線を戻す。

シンシアも話は聞いているようだったが、結局会話に参加してこなかった。

幸せそうなマリエには、三人の会話など聞こえていないようだ。

「ふへへぇ」

今もだらしない顔をして喜んでいた。

◇

王都へと戻る豪華客船の船内。

和風の浮島を離れ、見えなくなった頃にディアドリー先輩に呼び出された。

「結婚式？」

「そうよ。冬期休暇中に行うからそのつもりでいるように」

よく見れば扇子が和風のものに切り替わっていた。

観光地で購入したものだろう。

ただ、呼び出されて伝えられた内容に首を傾げる。

「ドロテアさんは学園を卒業済みですけど、うちの兄貴は三年生だから在学中ですよ。わざわざ冬期休暇に結婚式を挙げなくても、数ヶ月すれば卒業じゃないですか」

俺の兄であるニックスは、学園の卒業を控える三年生だ。

半年も経たずに卒業する予定なのに、何故かローズブレイド家は結婚を焦っていた。

ディアドリー先輩が呼び出したのは、俺と二人きりの個室である。

取り巻きも連れず、今は周囲に人の目がないことを確認している。

それからため息を吐いてから――悩ましい表情で事情を説明してくれる。

「お姉様が結婚式に注文を付けましたの」

あの乙女ゲーの世界でも、結婚式とは女性にとって重要なイベントらしい。

そのため、結婚式の内容に注文を付けるのは珍しい話ではない。

「時期の指定でもありました？　占いで冬がいいと言われたとか？」

占いで結婚時期を決めるなんて馬鹿らしく聞こえるかもしれないが、割とある話でもある。

ただ、ディアドリー先輩の表情からすると違うらしい。

困ったような顔をして言う。

「それなら慌てる必要もありませんわ。婚約式だけを挙げさせて、来年の冬に正式に挙式という流れでもよかったのだから」

俺が首を傾げていると、ディアドリー先輩が顔を近付けてくる。

誰もいないのに小声で話すとは、これはかなり重要な話らしい。

誰にも聞かれてはいけない秘密の話なのだろう。

「——お姉様は指輪の代わりに、互いに首輪をはめたいと言い出したの」

「誰か止めろよ」

ディアドリー先輩を相手に、取り繕う余裕すらなくなって素で答えてしまった。

一瞬焦ったが、ディアドリー先輩は気にした様子がない。

「わたくしだって止めましたわよ！　それこそ何度も説得し、お父様やお母様も毎日のようにお姉様を説得したのです」

聞けばディアドリー先輩の家族も頑張ったらしい。

だが、断固として首輪の交換がいいと言って譲らなかったという。

「こう言っては何ですが、お姉様の性格は常人には理解されませんわ」

「でしょうね」

結婚式で首輪を交換したい人とは理解し合える気がしない。

「それでいて頑固でしてね。望んだ結婚式が挙げられないとなれば、何をするかわかりませんわ」

「ディアドリー先輩が可愛らしく見えるお義姉さんですね」

「あら？　わたくしは普段から可愛らしくてよ？」

微笑みを向けられたが、目だけは笑っていなかった。

俺は視線を逸らしながら答える。

「――お美しい、の間違いではありませんか？　ディアドリー先輩は大人の魅力を持った美しい女性ですよ」

「ふふっ、今の返事をもって無礼な物言いは許してさしあげますわ。それはともかくとして、妥協案が今回の結婚式ですわ。身内だけを集めて一度行い、本命はその後ですわね」

どうやら冬期休暇に行われる結婚式は、身内だけで内々に行われるらしい。

貴族の結婚式は、個人のイベントではない。

家同士の繋がりを披露する意味合いが強いため、大勢の客を招く必要がある。

そんな観衆の前で首輪の交換などされては、ローズブレイド家とバルトファルト家の面子が潰れてしまう。

だからこそ、身内だけの結婚式を事前に挙げておくそうだ。

「これを聞かされた俺は、兄貴にどんな顔をすればいいと思います？」

首輪の交換を強要されるニックスを憐れんでいると、ディアドリー先輩が扇子を開いて口元を隠した。

視線も逸らしている。

「式には婚約者も連れてきなさい。――ローズブレイド家は新しい家族を心から歓迎しますわよ」

互いに表に出せない秘密を共有する身内だからね。

そりゃあ、歓迎もするだろうさ。

ディアドリー先輩が、挙式を行う場所を言う。

「それから、式は旧オフリー伯爵家の領地で行いますわ。今、整備や手続きをしている最中ですが、来年にはバルトファルト子爵家の誕生ですわよ」

バルトファルト家からはニックスが。

ローズブレイド家からはドロテアさんが。

二人が新しい子爵家を誕生させる。

一つの家が滅んで、新しい家が興る。

既に両家から人を出して、新しい領地の整備を進めていた。

わざわざそんな場所で行うのは、既に統治しているからだろう。

「兄貴もついに結婚か」

今更足掻(あが)いてもどうにもならない。

ニックスには我慢してもらうとしよう。

◇

修学旅行から戻ってきたオリヴィアを待っていたのは、お土産を持ち寄ったグレッグ、クリス、ブラッドの三人だった。

校舎にある茶会室を借り、カイルがお茶を出すなど給仕をしていた。

グレッグが両手を広げて、修学旅行先の思い出話をしていた。

「いや〜、楽しんだ。楽しんだ。自然豊かな場所なんてどこも同じと思っていたんだが、サウナっていうのが実に素晴らしかったぜ」

グレッグとブラッドの修学旅行先は、どうやら自然が豊かな場所だったらしい。

冬の時期に可能なスポーツを堪能したらしく、グレッグはご満悦だった。

ブラッドの方もそれなりに楽しんだらしい。

「班ごとにコテージで集団生活をしたんだけど、意外と楽しくてね。外に出てキャンプをしたんだけど、悪くなかったよ」

二人が用意したお土産は、お菓子よりも肴の類いが多かった。

他にも木彫りの民芸品などを購入しており、オリヴィアにとっても珍しくて興味をそそられた。

「お二人とも楽しく過ごしたんですね」

オリヴィアが微笑むと、グレッグとブラッドも嬉しくなり喜ぶ。

だが、グレッグは違和感があったらしい。

「オリヴィア、何かあったのか？」

「え？　どうしてですか？」

オリヴィアがとぼけると、ブラッドが真剣な眼差しを向けてくる。

「元気がないように見えてね。勘違いであればいいんだけどさ」

修学旅行中の出来事は、カイルにも黙っているように伝えていた。

何が起きたのか五人に知られれば、面倒なことになると予想が付いたから。

それに――彼のことを知られたくなかった。

オリヴィアは困ったように笑う。

「豪華客船の旅に慣れていないからかもしれません。ちょっと疲れちゃいました」

二人はオリヴィアの理由に納得したらしい。

今度はクリスが口を開くのだが――少しだけ腹を立てていた。

「私の方も色々と勉強になったよ。だが、ユリウス殿下とジルクには文句を言いたい気分だな」

腹を立てているクリスを見て、これはまた面倒な――と思いながらオリヴィアが理由を尋ねる。

「お二人がどうかしたんですか？」

「修学旅行のグループ決めに介入したそうだ。本来であれば、私がオリヴィアと一緒のグループになるはずだったらしい」

あの二人が余計なことをしたせいで、とクリスはご立腹だ。

それを聞いたグレッグが、愉快そうに笑った。

「残念だったな、クリス。だけどよ、その殿下たちは王宮で連日会議に参加させられて修学旅行は不参加だ。あまり責めてやるなよ」

修学旅行に参加できなかった二人に、グレッグは同情しているらしい。

それはブラッドもクリスも同じだった。

将来は国を背負う貴公子たちだ。

今回のユリウスたちのように不本意な事態に巻き込まれないとも限らない、と身に染みて理解していた。

クリスは悩ましい表情をしていた。

「――それでも文句を言うくらいは許されるはずだ」

ブラッドがクスクスと笑っていた。

「僕がクリス君と同じ立場でも文句を言うだろうね。でも、殿下たちも不甲斐ないよね。オリヴィアを一人きりにさせるんだからさ」

三人の視線がオリヴィアに集まる。

オリヴィアは苦笑いするしかなかった。

「私もそれなりに楽しめましたよ。異文化に触れる貴重な機会でしたから」

グレッグはオリヴィアの顔を見ながら言う。

「いっそ、今度の冬期休暇に俺と旅行するか？　オリヴィアが楽しんだ修学旅行先を見てみたいからな」

大貴族の跡取りらしい豪快な発想に、オリヴィアは目を丸くする。

「来年とか再来年も行く機会はありますよね？」

「お前と一緒に思い出を作りたいんだよ。何なら、オリヴィアが好きな場所を選んでいいぜ」

旅行先を選ばせてやると言うグレッグに、オリヴィアは頭を振った。

「そ、そこまでして頂かなくても大丈夫ですよ」

グレッグが何か言おうとすると、部屋にユリウスとジルクがやって来た。

「その話は俺たちも興味があるな」

部屋に入ってきた二人に、クリスが腕を組みながら鋭い視線を向けた。

「随分と忙しそうですね、殿下」

クリスの心情を察しているユリウスとジルクは、苦笑していた。

ジルクがクリスに謝罪する。

「今回の件は謝罪しますよ。それで提案なのですが、私たちで旅行をしませんか？　殿下も思い出を作れませんでしたから、冬期休暇中に我々とオリヴィアさんとで修学旅行をしませんか？」

急な提案だったが、クリスもオリヴィアと旅行できると思ったのか――少し顔を赤くして謝罪を受け入れた。

「そ、それなら別に構わない。わ、私も冬期休暇は予定がないからな」

そんなクリスを見て、グレッグは呆れていた。

「素直にみんなで旅行がしたいと言えばいいだけだろ。お前は回りくどいな」

「お前が単純すぎるだけだ」

二人が言い合いを始めると、ブラッドがヤレヤレと首を振って――それからユリウスに話し合いの結果を聞く。

「仲の悪い二人ですね。それはそうと、話し合いはまとまりましたか？」

ユリウスとジルクが顔を見合わせた。

どこまで話したものか、と目配せで確認していた。

ジルクが頷くと、ユリウスがブラッドに顔を向ける。

「レッドグレイブ公爵は、表向きはローズブレイド家とバルトファルト家を擁護するそうだ」

「表向きですか」

「両家がこれ以上大きくなるのは望まないが、フランプトン侯爵への圧力になるから表向きだけな。口先だけの支援だよ」

表向きは両家を擁護して支援しているように見せ、実際は何もしない。

何日にも及んだ話し合いの結果を聞く三人は、微妙な顔をしていた。

グレッグが深いため息を吐いた。

「修学旅行をキャンセルする必要があったのか？」

ユリウスが肩をすくめた。

「全くだ。大人に囲まれて居心地が悪いだけだったよ」

五人の話を聞いているオリヴィアは、何が起きているのか想像できなかった。

ただ、バルトファルトという家名を聞いて表情が曇った。

そんなオリヴィアをカイルが横目で心配そうに見ていた。

修学旅行先の件を負い目に感じているようだ。

オリヴィアはハッとして、慌ててカイルを見つめる。

何も言わないで、と念を押すように。

カイルは小さく頷くと、ユリウスとジルクのためにお茶を用意し始める。

席に着いたユリウスが、オリヴィアに微笑みを向けていた。

「それで、俺たちの修学旅行について話をしないか？　こっちの方が、王宮の話し合いよりも有意義で楽しそうだ」

修学旅行に参加できなかったユリウスは、自分たちだけの旅行を本気で考えているようだ。

オリヴィアは微笑みを浮かべながら思った。

(これは、冬期休暇も勉強する時間が作れないかも)

第14話「何度生まれ変わっても」

学園が冬期休暇に入る前に、学年別のパーティーが開かれた。

一学期にも開催されたのだが、その時は逃げるように退出したので最後まで参加しなかった。

そのため、今回は最後まで参加しようというハードルの低い目標を立てていた。

目立たず騒がず、背景のようなモブに徹しよう、と。

俺は壁際に立ってパーティーを眺めていた。

「こうして見ていると普通なのよね」

以前購入したドレスを着用して参加したマリエは、俺の横で大きな皿にこれでもかと盛った料理を食べている。

その様子を見ているだけでお腹いっぱいになった俺は、グラスに入ったジュースをチビチビ飲んでいた。

「修学旅行が嘘みたいだな」

俺たちが見ているのは、遠くで貴公子たちに囲まれたオリヴィアさんだ。

ユリウス殿下たちが修学旅行に参加しないというアクシデントはあったが、遠目に見ていると問題がなさそうに見えた。

俺は姿を消したルクシオンに向かって、小声で話しかける。

「オリヴィアさんたちの関係は順調そうか？」

あの乙女ゲーのシナリオに関わる問題のため、俺たちはルクシオンに調査を依頼していた。

ルクシオンは結果を報告してくる。

『冬期休暇中に旅行の計画を立てています。修学旅行をやり直すそうですよ』

「参加できなかったから、自分たちだけでやり直すのか？　――強引にイベントが発生したような感じかな？」

強制力とでも呼ぶべきだろうか？

あの乙女ゲーのシナリオが、オリヴィアさんたちを修学旅行に向かわせるために強引にイベントを発生させているような気がした。

俺の意見にマリエが眉をひそめた。

「たかが旅行にゲームイベントも何もないでしょうに。理由を付けてオリヴィアを誘って旅行にするだけよ」

マリエから見れば、ゲーム云々など無関係に見えたらしい。

『私もマリエの意見に同意します。わざわざ調査をする必要性を感じませんね』

ルクシオンまでもが、マリエに同意していた。

「お前は自分の調査を優先したいだけだろうに」

『ラスボスという脅威が去った今、この惑星の調査は行うべきです』

「それもそうだけどさ。——やっぱり気になるんだよな」

ユリウス殿下たちに囲まれるオリヴィアさんは、楽しそうに微笑んでいた。

一学期の頃のようなぎこちなさから脱して、ユリウス殿下たちに気を許しているようだ。

ただ、無理をしているようにも見えた。

考え込んでいると、マリエが俺の袖を掴んだ。

マリエの顔を見ると、俺ではなく違う方を見ている。

視線の先を見れば、そこにはダリーとドナの二人がこちらに気付かない様子で歩いてきていた。

「本当に面倒だよね」

「だから～。ドナとしても、もう関わらない方がいいと——ひっ!?」

何やら相談しながら歩いていた二人が、俺に気付くと足を止めた。

ダリーは青い顔をして震え、ドナの方は膝をがくがくさせていた。

ドナは腰が抜けたのか、ダリーにすがりついている。

「な、ななな、何もしていないから！　ドナたち、もう悪いことなんてしてないから！」

今にも泣き出してしまいそうなドナは、俺に対して怯えきっていた。

平静を装っているダリーにしても、口が上手く回らないらしい。

「ご、ごきげんよう。それじゃあ、あたしらはこれで失礼致しますことよ」

言葉遣いが不自然になっていたが、それだけ狼狽していたのだろう。

ドナを支えながら、ダリーは逃げるように俺たちから去っていく。

二人の姿を見ていたマリエが、複雑そうな顔を俺に向けてくる。

「あいつらの精神をボキボキに折った感想はどう？」

どう？　と聞かれても困ってしまう。

ただ――わがまま娘たちが怯えきった姿というのは、ギャップが大きかった。

「わがまま娘たちには丁度いい教育になっただろ」

「あいつらが親に報告するとか、私たちに報復するとは考えないの？」

「仕返しされるなら、その時はその時だろ？　こっちにはルクシオンもいるしさ」

姿を消したルクシオンが返事をする。

『現時点で報復の可能性は低いと判断しています。あの二人も、騒ぎを大きくしようとは考えていないみたいですよ』

独自に調査をしたのか、あの二人が俺たちに復讐を考えている気配はないらしい。

アフターフォローまでバッチリのルクシオンだ。

「調べていたのか？」

『マスターは気が緩みすぎです。報復の危険性を軽視してはいけません』

ルクシオンが俺を責めると、マリエまでもが同調してくる。

「そうよ。あんたはいつもやりすぎるのよ。もう少し自重するとか、後のことを考えなさいよね」

お前が言うのかよ。

まぁ、オリヴィアさんを助けたはいいが、俺の行動は確かに軽率だった。

ギャンブルでルクシオンの力を借りて、イカサマによってダリーとドナの二人を完膚なきまでに叩きのめしたのだから恨まれても仕方がない立場だろう。

ただ、俺には俺で勝算があった。

「オリヴィアさんはユリウス殿下たちのお気に入りだぞ。あの場さえ乗り切れば、仕返しされそうになっても今度は脅せばいい。『カジノの件をユリウス殿下たちに言うぞ』ってね。親を出してくるようなら、その時は俺だってローズブレイド家を頼るさ」

俺が後のことを考えていたのが意外なのか、ルクシオンとマリエがコソコソと話し出す。

『マスターにしては計算高いですね』

「でも、結局はユリウス殿下とローズブレイド家頼りよ。情けなくない？」

『私に頼っている時点で情けないです。そういう意味で、マスターは最初から情けないですよ』

「それもそうね」

——お前ら実は俺のこと嫌いだったりする？

◇

オリヴィアを遠巻きに見ているのは、リオンたちだけではなかった。

アンジェリカも、ユリウスたちから離れて様子を見ていた。

周囲にいるアンジェリカの取り巻きたちが、苦々しい表情をオリヴィアに向けていた。

その理由は、聞こえてくる会話が原因だ。

ユリウスが楽しそうに冬期休暇の予定を話している。

「オリヴィア、お前と行く予定だった浮島に修学旅行と同じ日程で向かうことにした。祭りがないのは残念だけどな」

「わざわざ修学旅行と同じ日程にしなくても」

申し訳なさそうにするオリヴィアに、ジルクが気を遣わせないための理由を語る。

「今回参加できませんでしたから、気分だけでも味わいたいのですよ。オリヴィアさんにとっては二度目ですから新鮮味に欠けるでしょうけどね」

「いえ、そんなことは」

ユリウスが悩ましげな表情をしていた。

それは、オリヴィアのために色々と考えた結果なのだろう。

「他の目的地にするか悩んだが、来年以降の楽しみもあるからな」

オリヴィアの来年以降の楽しみを守る意味もあるらしい。

だからあえて同じ場所にしたのだ、と。

楽しそうな会話が聞こえてくる中、アンジェリカの取り巻きたちが苛立っていた。

「参加できなかったのはアンジェリカ様も同じなのに」

「そうですよ。本来なら、誘われるべきはアンジェリカ様です」

「アンジェリカ様を誘うようにジルク様に言いますか？」

周囲が自分のために怒ってくれるのは嬉しい。

だが、アンジェリカは惨めな気分を味わっていた。

「――殿下の邪魔をするほど無粋ではないさ。精々楽しんでくればいい」

（私だって殿下とご一緒したかったのに）

強がってはいるが、アンジェリカもユリウスとの修学旅行を楽しみにしていた。

それを表に出さないのは、強がるしかないからだ。

耳を澄ませば、周囲の声が聞こえてくる。

「随分と惨めね」

「公爵令嬢が見る影もないわ」

「王太子殿下に嫌われてしまったのかしら？」

クスクスと笑う声に交じって、自分を軽んじる声が聞こえてきた。

夏期休暇前のパーティーでの一件以降、アンジェリカを見下す生徒たちが増えている。

取り巻きたちが周囲に険しい視線を向けると、皆が視線を逸らした。

アンジェリカも気が付いていた。

――自分の立場が揺らいでいる、と。

（私は殿下の婚約者だ。この事実だけは変わらない）

ユリウスたちに囲まれ嘘くさい笑みを浮かべているオリヴィアを睨みながら、アンジェリカは自分を落ち着かせようとしていた。

(いずれわかるさ。お前は殿下に相応しくないのだから)

◇

旧オフリー伯爵家の領地であった浮島は、現在、ローズブレイド家が中心となって統治を開始していた。

オフリー伯爵が使用していた豪奢な屋敷があったのだが、ドロテアお義姉さんの趣味ではなかったらしく取り壊されたらしい。

今はその場所に、城を建築している最中だ。

作業用に改修された鎧を何機も使用し、急ピッチで建造が進められていた。

この世界、重機の代わりとなる鎧があるからか建築スピードが速い。

鎧は空も飛べるため、高い建物だって簡単に用意できてしまうのは利点だろう。

新しい統治が始まる――期待と不安を持った領民たちの姿が、色んな場所で見かけられた。

そんな領地で、ニックスとドロテアお義姉さんの結婚式が行われた。

結婚式用のスーツを着用していた俺は、今は新郎家族の控え室にて胸元を緩めていた。

控え室には、白い衣装に身を包んだニックスがソファーに座っている。

絶望した表情をしていた。

そんなニックスに、家族は声をかけられずにいた。

俺たちにはジェナとフィンリーという姉妹がいるのだが、性格はお世辞にもいいとは言えない。

特にジェナは都会に染まって、いかにも学園の女子！　という感じだ。

そんなジェナですら、今のニックスには同情の視線を向けていた。

妹のフィンリーは、ニックスの姿を末弟のコリンに見せないようにしている。

親父とお袋が、部屋の隅でコソコソ話をしていた。

「息子が首輪を付けている姿を見て、何て声をかけてやったらいいのかわからない」

泣き言を言う親父に、お袋も同意した。

「こんなの私だって予想外だわ」

そんな二人の会話は、静かな控え室によく響いた。

俺の横には結婚式のために用意したドレスを着たマリエがいる。

今は俺の袖を握りしめていた。

「お義兄さんをローズブレイド家に売った気分はどう？　可哀想に首輪をされた姿を見ても、あんたは自分の行いを後悔しないの？」

——身内だけで行われた結婚式は、ドロテアお義姉さんの要望通りだった。

結婚指輪の交換が、首輪に変わっただけ。

それだけなのに、あんなにも酷い結婚式になるとは思わなかった。

式の前後にローズブレイド伯爵が俺たちの控室に来て、何度も頭を下げていたよ。

お詫びに色々と用意すると言っていたけど、絶望しているニックスを見ていると素直に喜べないね。

「美女と結婚できてよかったね、としか思わないね」

「あんたの美女って、どうせ胸の大きさだけが基準でしょ？」

「馬鹿。ドロテアお義姉さんは確かに美人だ。スタイルもよくて胸も大きいよ。でも、結婚したいかどうかは別だろ。あの手のタイプは眺めるだけでいい」

一緒になるなんて恐れ多い。

「そんな人をお義兄さんに押し付けたのよ。ちょっとは反省したら？」

「反省はしても後悔はないね」

だが、よく考えてほしい。

ドロテアお義姉さんの性格は、確かに非常識だ。

それでも、学園の女子と比べたら？

結婚を躊躇うほどの性格をしていると言えるだろうか？

「そもそも、学園を卒業すれば兄貴は子爵様だぞ。美人の妻がいて、それなりに税収が見込めそうな領地がある。オマケに、ローズブレイド伯爵家が全面的に支援してくれるんだ。これが不幸と言えるのか？」

首輪の交換なんて俺は絶対に嫌だが、その後に手に入るものを考えれば悪い取引ではないはずだ。

マリエもニックスの将来を妄想すると、どれだけの勝ち組なのか理解できたらしい。

「そう聞くと羨ましいわね。何で落ち込んでいるのか全く理解できなくなったわ。首輪をはめるだけで勝ち組なんて最高じゃない」

先程までニックスに同情していたマリエが、勝ち組と聞いて態度を一変させた。

お前のそういう扱いやすいところ、俺は結構好きだよ。

「そうだろ？　兄貴は勝ち組だぞ」

勝ち組と言われたニックスが、まるで幽鬼のような顔を上げた。

首輪を繋がれたその姿は、人生の墓場に強引に引きずり込まれた憐れな生け贄のように見えてならない。

まぁ、生け贄にしたのは俺だけどな！

「――なら立場を代わってやろうか？」

弟である俺に、自分の幸せな立場を譲ろうとする――何て家族思いなのだろう。

兄弟愛に感動させられる。

「遠慮するっす」

だが、そんな優しい兄の幸せは奪えないと断った。

するとニックスが激高する。

「てめぇこの野郎！　お前のせいで俺の人生は無茶苦茶だよ！　何がどうなれば、あんな雲の上みたいな人と結婚させられて、子爵にならないといけないんだよ！　俺は領地経営なんて学んでいないんだぞ！」

立ち上がって掴みかかってきたニックスは、そのまま俺を前後に揺すってくる。

困っているのは理解したが、首輪云々の話はいいのか？

それでいいのか、ニックス？

「前は二十歳で結婚できたら幸せ、とか言っていたじゃないか！　俺が頑張って持ってきた縁談の何が不満だ！」

ローズブレイド伯爵家と交渉した俺の苦労を少しは察してほしい。

「やりすぎって言葉を辞書で引け！　大体、お前が俺を売らなければ――」

今にも泣きそうな顔をしているニックスは、俺に向かって拳を振り上げた。

これは一発くらい殴られるべきだろうか？

と考えていると、乱暴にノックされた後にドアが勢いよく開かれた。

「旦那様ぁぁぁ！　妻であるドロテアが迎えに来ましたわぁぁぁ！」

白いウェディングドレス姿のドロテアお義姉さんが、その手に鎖を持って登場した。

首には首輪がはめられたままだ。

その首輪に自分で鎖を繋いでおり、反対側にはニックスの首輪を繋げようとしていた。

ニックスが血の気の引いた顔をしていた。

「ドロテアさん!?」

ドロテアお義姉さんは、ニックスに抱きつく。

そのままニックスの胸元に指を当て、のの字を書いていた。

「呼び捨てにしてください。神聖な儀式で永遠の愛を誓い合った仲ではありませんか。これからず〜っと一緒なのよ。――そう、ずっとね」

ずっと、という部分だけ妙に重く聞こえた。

ニックスは遠い目をしている。

「――そうだね」

返事をしたニックスだが、もう何もかも諦めたような顔をしていた。

マリエが俺の手を握ってくる。

「結婚式の誓いの言葉も酷かったわよね？」

「首輪のせいで忘れそうになるけど、何もかも酷い結婚式だったよ」

首輪の交換という強い違和感の前に、その他の問題が矮小化されてしまった。

誓いの言葉もその一つだ。

ドロテアお義姉さんが結婚式で言った言葉は、特に俺たちにはおぞましく聞こえた。

「何度生まれ変わっても、必ず見つけて結ばれる、ってさ。私たちからすると笑えない話よね」

俺とマリエは前世を知っている。

輪廻転生――生まれ変わりがあると知っているため、ドロテアお義姉さんの言葉が重く聞こえて仕方がない。

何度生まれ変わっても――何度転生しても必ず見つけ出して結ばれる、そう聞こえるのだ。

「首輪云々より重くて怖ぇよ」

ドロテアお義姉さんからすれば、何気なく口にした台詞かもしれない。

だが、二人の様子を見ていると、妙な説得力を感じてならなかった。

ドロテアお義姉さんが、ニックスの首輪に鎖をはめて悦に入っていた。

「私の理想の旦那様。もうこれで離れられないわね」

「――うん、そうだね」

諦めて悟りを開いたようなニックスの顔――開いたドアの向こうにいたのは、ローズブレイド家の関係者を引き連れたディアドリー先輩だった。

自分の姉の姿を複雑そうに見ていたよ。

「お姉様が幸せそうで何よりですわ。――それでは、バルトファルト家の皆様、わたくしが責任を持って歓待しますわ」

その後、俺たちはディアドリー先輩に連れられて、ローズブレイド家の歓待を受けた。

それはもう丁重にもてなされたよ。

エピローグ

冬期休暇が始まって数日後。

オリヴィアはダンジョンに挑むため、自室で準備をしていた。

「道具よし、リュックよし、武器……多分よし」

持ち物を確認しているオリヴィアを見ているのは、準備を手伝っているカイルだ。

「わざわざ初日にダンジョンに挑む必要がありますかね？　ユリウス殿下たちとの旅行は明後日ですよ」

出発まで時間がない。

それは理解しているが、オリヴィアはダンジョンに挑む理由があった。

それはカイルだ。

専属使用人の給与を支払うためにも、定期的に稼がなければならない。

——それがオリヴィアの時間を圧迫し、勉強時間を削るとしても、だ。

「色々と物入りだから、今のうちに稼いでおきたいの」

「怪我をして入院なんて展開は勘弁してくださいよ」

「うん、大丈夫。これまでに何度も挑んだから」

自信を見せるオリヴィアだったが、王都にあるダンジョンに挑んだのは授業を含めれば数回しかない。

浅い部分で金属や魔石を集めて小遣い稼ぎをするのが精々であり、男子たちのように大きく稼ぐことはなかった。

本来であれば数人で挑む方が効率的だが、オリヴィアには頼れる男子生徒たちがいない。

女子生徒の多くは休暇中にダンジョンに挑まないし、オリヴィアは嫌われている自覚があるため誰かを誘えなかった。

「修学旅行で助けてくれた男子に頼んだらどうです？　あの人、甘そうだからお金も貸してくれそうですよ」

カイルはリオンのことを見下したような発言をする。

その理由は、オリヴィアを気に入っているユリウスたちと比べているからだろう。

確かにユリウスたちと比べれば、容姿も財力も劣る。

所作もスマートとは言えないだろうし、多くの女子生徒はユリウスたちを選ぶだろう。

だが、オリヴィアは一点だけ――リオンがユリウスたちに勝るものがあると確信していた。

それは優しさだ。

誰も助けてくれない状況で、手を差し伸べてくれた。

あの場にユリウスたちがいたら、オリヴィアを助けてくれただろう。

だが、自分にとって大きなデメリットがある状況だったとしたら？

そんな状況でも助けてくれるのだろうか？

オリヴィアは、ユリウスたちを信じ切れなかった。

実際、ユリウスたちのせいで勉強をする時間がなくなっていく。

(こんな風に思ってはいけないのに——どうしても私は、あの人たちを疎ましく思ってしまう)

自分の中のドロドロした感情が溢れてくる。

それを恥じながらも、どうしても止められない。

よくしてくれるのは理解しているし、オリヴィアだって何度も助けられている。

だが、大元を辿れば、彼らにも原因があるのではないか？

そう思えてならない。

表情を曇らせたオリヴィアが心配になったのか、カイルがオズオズと申し出る。

「あ、あの」

「ん？」

「その——僕も手伝いましょうか？　荷物持ちくらいならやれると思いますし」

カイルとの契約にダンジョン攻略の手伝いは入っていない。

普段は契約を盾に余計な仕事を避けるカイルが、今日ばかりは危険な仕事を手伝うと言い出した。

オリヴィアはそれが少し面白かった。

クスクスと笑いながら言う。

「契約にないけどいいの？」

「か、関係ありませんよ。サービスみたいなものですから」

「ありがとう。――でも、ごめんね。カイル君が行くにはまだ早いと思うから」

まだ幼いカイルは連れていけないと、オリヴィアは申し出を断った。

カイルは年齢で拒否されたのが悔しいらしい。

「僕だって頑張れば荷物持ちくらいできますから」

「その気持ちだけで十分。ありがとう、カイル君」

オリヴィアは重たい荷物を背負って部屋を出ていく。

◇

オリヴィアが部屋から出るのを見ていた女子生徒たちがいた。

気付かれないように距離を取っていた彼女たちは、ヒソヒソと話をする。

「ダリーとドナは？」

「バルトファルトが怖いって実家に逃げたわよ」

「何それ？　腰抜けじゃない」

この場にいないダリーとドナを嘲笑する彼女たちは、オリヴィアがダンジョンに向かう様子を見ていた。

「――まぁ、あいつらがいなくても、やることは変わんないよね」

女子寮を出ていくオリヴィアの姿を、彼女たちは窓から見下ろしていた。

「貴族の義務として、生意気な平民には罰を与えないとね」

旧オフリー領で宿泊している宿の一室。

今日は俺の部屋をマリエが訪ねてきて、ベッドに横になっている。

窓の外を見れば曇り空で雪が降り始めていた。

「今日も寒そうだな」

部屋には薪ストーブが用意されているので寒くはないが、外を見れば領民たちが厚着をして歩いていた。

ルクシオンはマリエの方を向いている。

『婚約指輪を気に入られたようで何よりです。マリエの好みを徹底的に調査した甲斐がありましたね』

指輪に使われている貴金属も宝石も、魔力を宿しているというだけで馬鹿みたいに高価な品である。

ルクシオンが何度も作り直して完成させた指輪は、どうやらマリエ好みだったらしい。

マリエは上半身を起こして、ルクシオンに左手の薬指を見せた。

「似合うでしょ？」

『当然です。マリエのために用意した一品ですからね』

「そういう返事は求めてないのよ。私は単純に似合うって言ってほしいの」

『――お似合いです』

「ありがと」

上機嫌なマリエに、ルクシオンもタジタジだ。

マリエは部屋の中に視線を巡らせる。

「ローズブレイド家が用意してくれた宿だけど、思っていたより古くない？」

マリエの言う通りではあるのだが、それでも悪い宿ではなかった。

「歴史があると言ってやれ」

「こういうところってさ、幽霊とか出るのよね。私、そういう霊感的なものに敏感なの」

私は霊感があるの！　みたいなことを言い出すマリエに、俺とルクシオンは顔を見合わせた。

「疑わしいよな」

『聖女の首飾りの件では、怨念が姿を現した時には熟睡していました』

「それで霊感って言われてもな」

聖女の首飾りから怨念が出た時、マリエは気付きもしなかった。

そんなマリエに霊感があるとは思えない。

俺とルクシオンがクスクス笑っていると、マリエがムッとした。

「本当だからね！　この宿だってきっと霊がいるわ！」

変なことを言い出すマリエに、俺は本気で怒る。

「止めろ！　今晩怖くて眠れなくなるだろうが！」

「ふっ、怖がり」

「違うって！　いいか、俺は倒せないような存在が――っ!?」

背筋がゾワリとした。

寒気に襲われ、同時に冷や汗が吹き出す。

体が震えるほどの嫌な予感――これまでにも経験してきたが、今回は妙にハッキリと嫌な感じがした。

困惑している俺を、マリエが心配そうに見ていた。

「え？　もしかしてそんなに怖かったの？　悪かったわよ。嘘だから安心していいわよ」

怖がらせてしまったと反省しているマリエに、俺は頭を振る。

口元を手で押さえていると、ルクシオンが俺の体をスキャンする。

『心拍数が急激に上昇。発汗も確認しました。――マスター、今日はもうお休みください』

マリエもルクシオンの意見に賛成する。

「そうね。今日は暖かくして寝た方がいいわ。顔色も悪いし、風邪かしらね？」

「いや――大丈夫だ」

この妙な胸騒ぎは何なのだろうか？　俺は重大な何かを見落としているのではないか？　どういうわけか焦ってしまう。

すると、マリエが部屋を見渡していた。

「どうした？」

「う〜ん、ちょっと変な感じがしたのよね。もしかして、この部屋って本当に曰く付きとかそういう部屋じゃない？」

俺は深いため息を吐く。

「お前に霊感はないから安心しろよ」

◇

ダンジョンに一人で挑んだオリヴィアは、十分な成果を得ていた。

「これで安心して旅行に行けるかな」

背負った荷物の中には、魔石や金属を詰め込んでいた。

そのせいで重いのだが、これらを売って利益を得なければカイルに給与を支払えない。

「よいしょ、っと。後は戻るだけね。でも、今日は深く入り込んじゃった」

今日のオリヴィアだが、ダンジョンにも慣れてきたのか普段より深い場所に来ていた。

男子生徒たちが先に進む際に、モンスターたちを倒してくれたのだろう。

オリヴィアでも順調に奥まで進めた。

おかげで高純度の魔石を手に入れられたので、しばらくはダンジョンに挑まなくても生活できそうである。

「思ったよりサクサク進めたけど――今日は無理しちゃったな」

苦笑いをしながらダンジョン内を歩いていると、横道から飛び出してくる人影があった。

――それは、専属使用人を引き連れた女子たちだった。

オリヴィアの前に立ち塞がる。

「え、あの？」

逃げようとするが、後ろにも回り込まれて道を塞がれてしまった。

「一人でこんなところに来るなんて不用心ね」

女子生徒がそう言うと、専属使用人たちがオリヴィアを担ぐ。

その際、オリヴィアのリュックは奪われ、捨てられてしまった。

地上に持っていかなければ換金できないため、オリヴィアは必死に手を伸ばす。

「放して！　放してください！　私のリュックも返して！」

必死になるオリヴィアを見て、女子生徒たちはあざ笑った。

「修学旅行では随分と調子に乗ってくれたみたいね」

「ダリーとドナみたいに、私たちは甘くないよ」

「助けなんて期待するだけ無駄よ」

女子生徒たちが向かうのは、ダンジョンの更に奥だった。

専属使用人に加えて、武装した男子たちが護衛をしているためどんどん先へと進んでいく。

オリヴィアは嫌な予感がした。

「嫌——お願い、帰して」

助けを求めるが、女子生徒たちはもちろん、専属使用人も男子生徒たちもオリヴィアの声に耳を貸さなかった。

「騎士様助けて」

オリヴィアは左手首に巻いている組紐——歯車のお守りを握りしめる。

リオンの姿を想像するも、女子生徒の一人が振り返って後ろ向きに歩いた。

そのまま残念な事実を告げてくる。

「バルトファルトなら結婚式で不参加だよ。残念だったわね」

意地の悪い顔で告げられた事実に、オリヴィアは絶望した。

（結婚？　そうか——あの人と結婚するんだ。私と違って小さくて可愛くて——素敵な貴族のお嬢様と——）

絶望して黙り込んでしまったオリヴィアが連れていかれたのは、立ち入り禁止と書かれた場所だった。

生徒たちが入り込まないように、学園側が封鎖した場所だ。

その先に進むと、深い縦穴があった。

随分と大きな穴で、暗くて底が見えない。

そんな縦穴を前に、女子生徒たちが無表情になった。

そのままダンジョンの事情を説明してくる。

「──学園の生徒でも、ダンジョン攻略では数年に一度くらいは被害が出るのよね。一人か二人、もしくはパーティーを組んだ数人単位でね」

「──っ」

オリヴィアは、これから彼女たちが何をするのか気付いてしまった。

女子生徒たちがオリヴィアの青ざめた顔を見ている。

「無謀な平民女が、自分の力量も考えずに奥に進んで行方不明──これって十分にあり得る話だと思わない？」

オリヴィアは相手が本気であると気付いていた。

だが、請わずにはいられなかった。

「待って。待ってください。私の話を聞いて！」

そんなオリヴィアの必死な命乞いが、女子生徒たちの自尊心を満たしたのだろう。

彼女たち笑みを浮かべて──手を振った。

「バイバイ」

女子生徒たちが笑い出す。

「あんたが悪いのよ。平民のくせに調子に乗るから」

「王太子殿下たちに近付いた身の程知らずが、本当にいい気味ね」

「学園で守られているから油断したの？　──残念でした。あんたは今日、ここで終わりよ」

専属使用人たちが、オリヴィアを穴の中に放り込んだ。

落下するオリヴィアは手を伸ばしながら思う。

(——何が悪かったのよ)

どうして自分がこんな目に遭うのか？

ユリウスに気に入られたから？

平民である自分が、貴族の学園にいるから？

オリヴィアは涙を流した。

落下しているオリヴィアの涙は、上に向かっていく。

「どうして私が——どうして!!」

ドロドロとした感情が一機に噴出したような気がした。

そして、縦穴の奥——真下からモンスターの気配がした。

暗くて底が見えないその場所から、巨大なモンスターが大きな口を開けてオリヴィアに迫っていた。

このまま食べられてしまうのかと思っていると、そんなモンスターを一つの丸い光を放つ何かが突き破って黒い煙に変えてしまった。

霧散する黒い煙の中、オリヴィアが驚いていると何かは左腕に巻き付いてくる。

左腕に巻かれた腕輪。

腕輪が光ると、落下速度が徐々に緩やかになっていく。

そして、怪我することなく着地できた。

「う、腕輪？」

自分を守ってくれたのだろうか？

ただ、左手首に巻いていたお守りが外れ――木製の歯車は砕け散って地面に散らばっていた。

「た、助かったの？」

上を見上げるも、暗くて何も見えない。

女子生徒たちの姿も確認できなかった。

「この腕輪が助けてくれたのかな？」

不思議な腕輪だと思って覗き込むと、腕輪は淡い光を放っていた。

その光に魅入られたオリヴィアは――。

「あれ？　何だろう――この光――」

――瞳から光が消えてしまった。

体は糸が切れてしまった操り人形のように、地面に倒れてしまう。

倒れたオリヴィアの左腕に装着された腕輪から、一人の女性の姿をした何かが現われた。

肉体はなく、まるで幻のような黒い靄は女性の姿を形作っていた。

倒れ込んでしまったオリヴィアを覗き込み、並んだ二つのアーモンド状の目を弓なりにして笑っていた。

『――見つけた。やっと手に入れた』

体の動かないオリヴィアは、黒い靄を前に抵抗できない。

声すら発せなくなっていた。

(何？　モンスター？　私に何をするつもりなの？)

恐怖を感じていると、黒い靄が激しく揺らめき出した。

『私の血を受け継ぐ者よ。お前は私の力と想い、そして意志――それら全てを引き継ぐ資格がある！』

黒い靄が振り払われると、そこには綺麗な女性が立っていた。

長い金髪はサラサラと揺れ、輝きを放っていた。

力強い赤い瞳が自分を見つめている。

綺麗な女性は、どこかで見たことがあるような人だった。

(あれ？　この人は――)

両手でオリヴィアの顔を掴む仕草をする女性だが、実体がないために触れられている気がしない。

ただ、酷く冷たい感触はあった。

氷のように冷たい感触は、この世のものとは思えなかった。

そんな女性がオリヴィアに同情する。

『可哀想な子。こんな暗い穴の底に捨てられてしまったのね』

泣きそうな顔をしている女性を前に、オリヴィアは恐怖していた。

(止めて。私の心に触れないで!!)

優しく語りかける女性は――そのままオリヴィアの心に触れていく。

女性の冷たさが体中に広がって、まるで浸食されているように感じた。

それをオリヴィアは、直感で理解していた。

これはまずい、と。

『そして、あなたはとても優しい子だわ』

自分の顔を覗き込む女性は、まるでゴースト――幽霊のような存在に見えた。

今すぐに逃げ出したかったが、体の動かないオリヴィアでは不可能だった。

女性が微笑みを浮かべた後に――酷く醜い顔を見せた。

『とても素直で優しくて憐れな子。だから――乗っ取りやすいのよね!!』

目を見開き、オリヴィアの体に抱きつくと女性は消えてしまった。

(体に入り込まれて――いや、お願いだから止めて！)

オリヴィアの体は淡く光り、動き出す。

そのまま頭を両手で押さえて苦しみ出した。

「や、止めて――お願いだから奪わないで――誰か――騎士様助けて!!」

酷い頭痛がする。

オリヴィアが苦しんでいると、体の内側――心の声が聞こえてくる。

(憎いだろう？　お前をこんな場所に突き落とした連中が？　お前を見下す貴族たちが憎いのだろう？)

「止めて！」

（憎いだろう？　お前を学園に入学させて――無責任に放置した貴族共が？）

「だから、止めてよ！」

（もっと憎め！　もっと恨め！　こうなった原因は誰にある？　――そうだ、あいつらだ。あの男たちだ！　貴族を憎め！　あいつらの〝子孫〟を恨め！）

思い浮かんだのはユリウスたちの顔だった。

自分に優しくしてくれる貴公子たちの顔だ。

（そうだ――お前も憎んでいたのだろう？　奴らを!!）

憎んでいると言われて、否定する言葉が出てこなかった。

どうして自分を構うのか？　どうして自分の邪魔をするのか？

貴族と平民では立場が違うのに、付きまとって――そのせいで、自分は周囲から目の敵にされてしまった。

公爵令嬢であるアンジェリカにも睨まれてしまった。

それなのに、彼らは自分を構うだけで何もしてくれなかった。

「私は――私は――恨んでいたの？」

オリヴィアが自分の気持ちに気付かされ、衝撃を受けている間も心の声は止まない。

（そうだ。もっと憎め。貴族を！　この国を！　お前にはその資格がある!!）

「出ていってよ。私の中から出ていってよ！　あなたは一体――誰なのよ!?」

オリヴィアにとっては無意識に叫んだ言葉だったが、心に入り込んだ女性は答えてくれる。

（私か？　私はかつてこの国で〝聖女〟と呼ばれた女だよ）

「え？」

（お前たちが聖女と崇めていたのが私だ）

狼狽するオリヴィアは、徐々に頭痛が激しくなり意識を――手放してしまった。

最後に絞り出した声は、

「騎士様――助け――」

再び倒れてしばらくすると、ゆっくりと起き上がる。

立ち上がって自分の体を見るオリヴィアは――光の消えた瞳で笑っていた。

オリヴィア――聖女が穴の底で笑い出す。

「ついに手に入れたぞ！　体を。私の新しい体を!!」

オリヴィアの体を乗っ取った聖女は、背伸びをして久しぶりの肉体の感触を楽しむ。

「長かった。本当に長かったぞ。だが、これで私は王国に復讐できる。私と〝リーア〟から全てを奪ったあの屑共に復讐できる!!」

暗い穴の底。

体を乗っ取られたオリヴィアが両手を広げると、体が宙に浮いた。

そのまま上昇していく。

「適度に精神が摩耗していたおかげで簡単に奪えたが――これも運命だろうな」

地面に砕けて転がった木製の歯車が見えたが、聖女は気にも留めなかった。

聖女は上を見上げてそのまま上昇する速度を上げていく。

「さぁ、始めよう。ホルファート王国の終焉を。私〝たち〟の復讐を!! この国を火の海に沈めて全てをやり直すために――」

あとがき

あのせか――あの乙女ゲーは俺たちに厳しい世界です、は楽しんで頂けたでしょうか？

作者の三嶋与夢です。

あのせかもついに三巻が発売となり、続刊が出せたことは作者として大変喜ばしく思っております。

毎回あとがきで悩む自分ですが、今回はスピンオフ作品であるため、本編との違いについて書かせてもらいますね。

本編――乙女ゲー世界はモブに厳しい世界です、はリオンとルクシオンが、オリヴィアやアンジェリカと関わり物語が進んでいきます。

マリエは謎の転生者としてリオンたちの前に立ちはだかる役割でした。

そんな本編とは違い、リオンとマリエが初期から出会って行動を共にするのが、このスピンオフとなっております。

一応、本編を知らない読者さんもいると思い書かせてもらっていますが、敵同士である二人が手を結ぶのがスピンオフであると覚えてくれればＯＫです。

本編はオリビアとアンジェリカがヒロインとして活躍しているのですが、作者の自分としてはスピンオフの方が書きやすいですね（笑）。

その理由はいくつかあるのですが、一番はマリエに無茶をさせられることです。

不遇な境遇に、作中での扱いなど、マリエが苦境に立たされても「この子なら乗り越えてくれそう」と思ってしまうのが原因でしょう。

リオンと絡ませた際も、マリエが一番書きやすく感じています。

ヒロインの数が少ないので単純に書きやすい、というのもあるのかもしれませんが（笑）。

個人的にハーレム物が苦手である、というのが最近気付いた驚きの事実でしたね。

自作を読み返した時に一番楽しく書いている部分が恋愛要素ではなく、主人公が男性キャラクターたちと馬鹿をやっている場面だったりしました。

本編でもユリウスたちと絡ませている時が、割と楽しく書けていた気がします。

そもそも、本編ですら突き詰めるとルクシオンとのバディ物ですからね。

本当はハーレム物を書きたくて書き始めたはずなのに、完結させて読み返してみるとハーレム要素とは違う部分に熱中していたという事実は衝撃でした。

こんな自分ですが、今後とも応援よろしくお願いいたします。

また、本編完結を記念して後日談を用意しました。

二つのキーワードを応募フォームに入力頂ければ、読めるようになっています。

一つ目のキーワードはこちら【ｈａｇｕｒｕｍａｎｏｏｍａｍｏｒｉ】。

二つ目のキーワードは、本編最終巻のあとがきで発表しますのでそちらをご確認ください。

CONTRIBUTION

コミカライズ版は「ドラドラふらっとり」（漫画：福原蓮士／KADOKAWA）にて連載中！
単行本第1巻は4月上旬発売予定です!!

GC NOVELS

あの乙女ゲーは俺たちに厳しい世界です☆ 03

THAT OTOME GAMES IS A TOUGH WORLD FOR US.

2024年3月8日初版発行

著者　三嶋与夢（みしまよむ）

イラスト　悠井もげ（とおい）

キャラクター原案　孟達（モンダ）

発行人　子安喜美子

編集　並木愼一郎／伊藤正和

装丁　森昌史

印刷所　株式会社平河工業社

発行　株式会社マイクロマガジン社
〒104-0041　東京都中央区新富1-3-7　ヨドコウビル
［販売部］TEL 03-3206-1641／FAX 03-3551-1208
［編集部］TEL 03-3551-9563／FAX 03-3551-9565
https://micromagazine.co.jp/

ISBN978-4-86716-540-9　C0093

本書はGCノベルズ「乙女ゲー世界はモブに厳しい世界です」のアンケート協力特典として
公開されていたものを加筆の上、改題し書籍化したものです。

ファンレター、作品のご感想をお待ちしています！

宛先　〒104-0041　東京都中央区新富1-3-7　ヨドコウビル
株式会社マイクロマガジン社　GCノベルズ編集部「三嶋与夢先生」係「悠井もげ先生」係

THAT OTOME GAMES IS A TOUGH WORLD FOR US.